斩首城之哀鸣

轩弦 著

作家出版社

主要人物一览

柳其金（60岁）　　断肠城的主人，S市科龙企业股份有限公司的董事长

容念（享年51岁）　柳其金的妻子，已故

臧大牛（31岁）　　B市某局的科长

戴青水（28岁）　　T市某医院的肿瘤科医生

陈佳茜（28岁）　　S市某化妆品公司的销售员

甘土（26岁）　　　M市中心小学的体育教师

东方鹤马（23岁）　B市某局副局长的独生子

宋田田（19岁）　　HZ市第四中学的高三学生

慕容思炫（24岁）　来自L市的无业男青年

沈莫邪（享年30岁）来自L市的高智商罪犯，已于2009年自杀

注一：括号内数字为以上人物2012年的年龄，已故者为享年

注二：本篇小说的杀人凶手包含于以上名单中

序章 ————

1

"爸爸！"

身后传来一声叫唤。那是儿子清脆而稚嫩的声音。

柳其金胸口一热。他已经很久没见过儿子了，很久没听过儿子的声音了，心中的思念，早已化成百转柔肠。

紧接着，女儿那婉转而娇弱的声音也从身后传来："爸爸，爸爸……"

"啊？女儿也……"

柳其金猛然转过身子，果然看到儿子和女儿就在不远处，正向自己跑来。

霎时间，他的两眼湿润了。

把儿子和女儿紧紧搂在怀里，是他多年来朝思暮想的事。而现在，愿望即将实现。

然而就在这时候，他却忽然感到一股寒意从背脊直泻下来。

"这情景……似曾相识……"他浓眉紧皱，喃喃自语，"接下来……难道……"

他还在思索之中，忽然有一个身躯庞大的黑影不知道从哪里冒了出来，拦在两个孩子身前。

柳其金失声大叫："啊？果然！是他！"

还没完全反应过来，黑影右手一伸，以迅雷不及掩耳之势掐住了柳其金的儿子的喉咙，接着手臂向上高扬，把他整个人腾空举起。

"住手！"柳其金声嘶力竭地吼道。

说时迟那时快，黑影左手一挥，又抓向柳其金女儿的脖子，五指一收，把她也高高举起。

两个孩子被举在半空，四肢挥舞，奋力挣扎，但却终究无法摆脱黑影。

"我叫你住手！混蛋！"

柳其金想要跑过去拯救孩子，但不知道为什么，此时此刻他的全身像被一块隐形的大石头压着似的，他根本无法动弹。

他心急如焚，却又无计可施。

眼睁睁地看着自己的孩子被伤害，偏偏无法阻止，这种痛，锥心刺骨。

两个孩子的挣扎渐渐停了下来。柳其金感到绝望，一颗正在剧烈地跳动着的心脏，像被活生生地抽取了出来一般。

忽然，他"扑通"一声跪倒在地。

"求求你……放了他们……"他那嘶哑的声音中夹杂着无限哀求。

但黑影不为所动。

终于，两个孩子一动也不动了。

柳其金彻底崩溃了。

亲眼看见自己的孩子被杀，这是天底下任何一个父亲都无法承受的事。

他甚至没想过要为孩子复仇。

哪怕把凶手碎尸万段，但儿子和女儿都无法复活了。

他已万念俱灰。

"柳其金。"黑影突然说话了，声音如寒潭一般冰冷。

柳其金没有抬头。他的大脑一片空白，黑影的说话声在他的耳边环绕，但却没能进入他的脑中。

黑影微微地吸了口气，接着说："你害死我的老婆和儿子，我要你的孩子血债血偿！"

柳其金这才慢慢地抬起头，茫然而绝望的目光向黑影瞥了一眼。

那是一个面目狰狞的男人，他的五官紧紧地扭在一起，脸上充斥着无穷无尽的怨恨和杀气。

突然，在电光石火之间，他双臂向内齐挥，两个孩子的头颅霎时间撞在一起。他劲儿极大，这一撞之下，随着"砰"的一声巨响，两颗小脑袋瞬间被撞得粉碎。

柳其金失声惨叫，身体里突然爆发出一股强大的力量，一跃而起。

然而，眼前的一切却忽然消失了。

他发现自己坐在床上，四肢颤抖，背脊早已湿透，额头上的冷汗正在
涔涔而下。

原来只是一场噩梦。

如身处地狱般的噩梦。

2

这样的噩梦，柳其金每年至少做几次。

同样的场景，同样的人物，同样的事件。

感觉同样如此触目惊心、撕心裂肺。

他定了定神，深深地吸了口气。

夜冷如水，漆黑和宁静把他紧紧包围。

虽然已从噩梦中醒来，但梦里的情景，历历在目。

"你到底要折磨我到什么时候呢？"他叹道。

过了一会，他的眼睛逐渐适应黑暗了，卧房里的摆设逐渐清晰起来。
他正要躺下来，却突然发现妻子并不在身边。

"咦？"

柳其金揉了揉眼睛，定神一看，妻子果然不在。大床之上，就只有他
自己一个人。

他拿起床头柜上的小闹钟，按下照明灯按钮，此刻是深夜三点四十多
分了。

"三更半夜的，阿念会到哪儿去呢？"

他的心中有些不祥的预感。他打开卧房的灯，慢慢地从床上起来，先

到卧房内的洗手间看了一眼，妻子并不在里面。

他皱了皱眉头，心中的不祥预感更加强烈了。

于是他走出卧房寻找。在没找到妻子前，他可睡不着。

柳其金和他的妻子两个人隐居在建于郊外的一座哥特式城堡里。城堡高三层，而柳其金和妻子的卧房在第二层。

走出卧房，首先映入眼帘的是陈列室那敞开的大门。

陈列室就在柳其金夫妻两人的卧房对面，里面摆放着一些柳其金所收藏的钱币、玉器、瓷器、书画等古玩。

陈列室的大门平时是关闭的，为什么现在会打开了？柳其金双眉一蹙："难道阿念到陈列室去了？去那儿干吗呀？"

他一步一步地走到陈列室门前。他万万没有想到，在陈列室等待他的，是惨绝人寰、令他永生难忘的一幕——

陈列室中央的地面上，有一个女人躺在血泊之中。

她衣衫不整，双手被粗绳反绑，身体紧紧地蜷缩着，一动也不动，死气沉沉。

最为恐怖的是，她没有头！

她的头被砍下来了。

在这具无头女尸的旁侧，还放着一把青龙偃月刀，刀光闪烁，寒气逼人。

刀锋上沾满了淋漓的鲜血。看来把女人的头颅砍下来的，正是这把青龙刀。

这青龙刀是柳其金的一位合作伙伴几年前送给他的寿礼。当时那人有求于柳其金，知道他喜欢看《三国演义》，醉心于研究三国人物的生平，于是专门找人打造了一套三国武将的兵器送给他。

那套兵器总共有五把，分别是关羽的青龙偃月刀、张飞的丈八蛇矛、吕布的方天画戟、曹操的倚天剑和刘备的双股剑，每一把的造价都在十万元以上。

柳其金对那套兵器爱不释手，收藏于陈列室之中。

这套兵器之中，最为昂贵的便是青龙偃月刀，乃用高碳钢锻造，而且刀杆部分是实心的，整把刀的重量有一百五十多斤。

后来柳其金心血来潮，又找人把这青龙偃月刀开刃了。开刃后的青龙刀锋利无比，削铁如泥。

可是柳其金绝对没有想到，这把青龙刀竟然会成为杀人凶器。

此时此刻，突然看到这样的情景，柳其金目瞪口呆，像被钉子钉在了地板上一般，无法动弹。

稍微回过神来后，他只感到大脑一阵昏厥。

"怎、怎么回事？我还在梦里吗？"

他闭上眼睛，深深地吸了口气，好让自己平伏下来。数秒后，他才睁开眼睛，然而眼前的一切并没有消失。

这不是梦！

染血的青龙刀，还有无头女尸……

"咦？"

柳其金突然注意到那无头女尸的衣服，竟正是他的妻子平时所穿的睡衣！

"阿念？"

霎时间，柳其金的心脏怦怦直跳。

"不可能……这不可能……"

他有些六神无主，大脑杂乱不堪，稍微定了定神，提起颤抖的双腿，一步一步地走进陈列室，来到那无头女尸前面。

虽然这具尸体没有头颅，但她的身高，她的体型，她的肤色，还有她的穿着，都跟柳其金的妻子高度吻合。对妻子的身体无比熟悉的柳其金，甚至一下子就从这具尸体的身上感受到妻子的气息。

"真的是阿念……怎么会……"

柳其金感到脑子一片空白，头晕目眩，而身体则不由自主地抖动起来，四肢强烈抽搐。突然，他两眼一黑，就此失去知觉，"砰"的一声重重地倒在地上。

3

月上中天，夜深人静。

某中学女生宿舍的一间寝室里，几个女生正围在一起讲鬼故事。

"接下来轮到我讲了吧？唔，我给你们讲个真人真事。"

一个声音有些低沉的女生说道。

"真人真事？唬谁啊？""别以为这样说就能把我们吓倒哦！""你们别吵！小娟，快讲快讲！"

那名叫小娟的女生舔了舔嘴唇，淡淡地展开叙述："你们知道吗？在S市的郊外有一座城堡，主人好像是什么地产界的大富豪，而那座城堡的名字则叫什么断肠城。这可是真的哦！不信你们可以百度一下。"

她说到这里顿了顿，忽然压低了声音，换了一种阴森恐怖的语气："可是有一件事很少人知道，那就是断肠城还有另外一个名字，你们猜是什么？"

"不会是什么恶鬼城之类吧？哈哈！""是什么？快说快说！"其他女生的好奇心都被调动起来了。

小娟吸了口气，一字一顿地说："斩、首、城。"

"斩、斩首城？为什么会有这么一个名字呀？""好像蛮恐怖的呀！不如别说了！""你别吵！小娟，快说下去呀！"

小娟清了清嗓子，娓娓道来。

"据说那里以前是一座村庄，村庄里有一位老婆婆，她跟儿子和儿媳住在一起。随着日子的过去，那儿媳觉得年老体弱的老婆婆是家里的累赘，煽动老公把她抬到山里。那老婆婆的儿子也真够狼心狗肺，竟然赞同老婆的提议。于是，某个夜晚，他们两人把熟睡的老婆婆抬到山里活埋了。

"怎知那老婆婆大难不死，还从山上爬回家中。死而复生的她，对自己含辛茹苦所养大的儿子感到彻底失望，也对老在儿子面前煽风点火的儿媳憎恨无比。那一刻，她不再是一个手无缚鸡之力的老人，而是化身成为充满怨恨的恶鬼。她竟然用镰刀把熟睡中的儿子和儿媳的头颅割了下来……"

"啊！好恐怖啊！我不听了！""有什么好怕的？这肯定是假的！""接着说呗！"

"老婆婆杀死儿子和儿媳后，也没逃跑，就坐在两具尸体旁边发呆。第二天，村民们发现了尸体以及手拿染血镰刀的老婆婆，断定老婆婆杀了人，马上把她抓起来了。后来，杀人凶手老婆婆被村民们处死了，据说处决的方式就是斩首。"

"哇！好残忍呀！""村民们有什么权力滥用私刑呀？""这只是故事，认真你就输了。对吧，小娟？"

小娟没有回答。她轻轻地咳嗽了一下，接着叙述："恐怖的事情发生了！老婆婆被处死后，村里竟发生连续命案，每一个死者，都是头部被镰刀割掉的！不到一个月，村里死了十多人。村民们认为是老婆婆阴魂不散，化作'斩首鬼'，每天晚上拿着镰刀在村里游荡，割掉村人的头颅，以报自己被杀之仇。大家人心惶惶，陆续搬离村庄。几个月后，那村庄便成了一座死城……"

"好假呀！""就是呀！这种桥段早就被恐怖电影用烂了。""唔，一、一点也不吓人，唔。"

"信不信由你们。"小娟不紧不慢地说，"你们知道吗？直到今天，那化身为'斩首鬼'的老婆婆的怨念还没消失。S市郊外那座城堡所处的位置，就是以前那座村庄的所在。城堡建成后，'斩首鬼'就栖息在城堡里。"

小娟说到这里停了下来，不发一语。万籁俱寂。数十秒后，一个室友忍不住了，怯生生地问道："怎么大家都不说话了？"

另一个室友紧接着说："接下来怎样呀？小娟，你先把故事讲完呗！"

小娟的声音本来就有些低沉。此刻，她把声音压得更低。

"我接下来要说的事，你们得保证绝对不能向其他人提起。咱们就今晚在这儿说说，说完就算了。"

"好！""什么事这么神秘呀？快说呗！"大家的好奇心再次被调动起来了。

小娟深深地吸了口气。

"我有一位网友的叔叔是在S市当警察的。他的叔叔告诉他，就在不久前，那座断肠城里死了人，好像是城堡主人的老婆，最恐怖的是，那死者的头颅被砍掉了，就跟传说中的那些被杀的村民一模一样。

"因为那城堡的主人知名度还挺高的，所以这宗案子警方并没有对外公开，以免引起网友关注讨论。但一些内部人士却对这案子讨论得如火如荼。后来，不知道是哪个知道内情的人首先给这断肠城起了'斩首城'这么一个名字，接下来这名字更被传开了。你们可以试试在谷歌上搜索'断肠城'和'斩首城'这两个关键词，能搜到不少相关信息呢。但是呀，大部分人都不知道为什么断肠城会被叫作'斩首城'。

"反正呀，案子到现在还没侦破。很多知道内情的人都认为，凶手根本不是人，而是栖息在断肠城里的'斩首鬼'。如果只是普通的杀人案，凶手干嘛非要把死者的脑袋砍掉呢？这根本不合常理。"

小娟说到这里再次停了下来。大家又陷入了沉默。

过了良久，突然一个室友幽幽地说道："被儿子和儿媳活埋、其后又被村人斩首的老婆婆，她心中的怨恨是常人所无法理解的，她要是真的死不瞑目，化身成什么'斩首鬼'，到处砍掉别人的头颅，我觉得也不是什么奇怪的事呀……"

这句话似乎触动了众人身体里的某根神经。大家的心中都有些异样的感觉，她们也不知道这种感觉到底是恐惧，是同情，是感慨，还是悲哀。

4

他坐在窗边，望着窗外那棵老榕树，回忆着遥远的往事，怔怔出神。

他的回忆，基本就只被两个字所占据——仇恨。

二十五年前的那一天，"那件事"发生了，他痛失至爱，他的命运因此被彻底改变。

从此，他行尸走肉，他成为了一具没有灵魂、只为复仇而生存的躯壳。

本来，随着时间的过去，他心中的仇恨已逐渐平息。

可是，他在不久前所听到的那个电台节目，却重新燃烧起他心中的恨意。

"你凭什么幸福？你凭什么幸福呀？我要你也尝尝我的痛苦！我的痛苦呀！"

他在心底呐喊。

复仇的路子真的不好走。"我到底要不要坚持？"此刻，他在心里问自己。

但他自己也没有答案。

"还在犹豫吗？"突然身后传来一个陌生的声音。

他大吃一惊，吃力地回头，只见身后站着一个男子，不知道是什么时候走进来的。

那男子三十岁左右，神清骨瘦，满脸沧桑。

"你……你是谁？"他歪着嘴，颤声问，"怎……怎么进来的？"

男子走到他的身边，神情冰冷，淡淡地说："既然心里有恨意，那就杀掉他们啊，有什么好犹豫的？"

他这一惊更加非同小可："你……你胡说什么？"

男子冷笑："不用装糊涂了，你的事我已经调查得一清二楚了。"

他皱了皱眉，没有回答。

男子接下来向他说出了他所做过的一些事，以及他这样做的理由。他听得心惊肉跳。

"他真的什么都知道！"他望着男子，一脸不安。

男子轻轻地舔了舔嘴唇，接着说道："你不用担心，我是来帮你的。我可以为你制定一个完美的计划，只要你严格执行我的计划，我可以保证，你所痛恨的人，最后一定会承受你当年所受的痛苦的十倍之痛。"

他思索了数十秒，才用含糊不清的话语，低声问了一句："你……为什么……要帮我？"

男子轻轻一笑："因为他们该死啊！让那些该死的人受到惩罚，正是我一直在做的事。"

"那你为什么……不亲自……动手？"他对这个莫名其妙地出现在自己房间、并且对自己所做的一切都了如指掌的神秘男子仍然保持高度戒备。

"因为，"男子微微地吸了口气，"我的这个计划，要在两年半以后才能执行。到时候，我已经不在这里了，无法亲手执行计划。"

"不在……这里？你……去哪呀？"他问道。

男子向他看了一眼，那张清癯的脸微微地展露了一个淡淡的笑容："我要去这世界上最美好的地方，而且再也不会回来了。"

男子一脸向往。但这表情转瞬即逝。半秒后，男子的脸再次罩上一层冷霜。

"怎么样？"男子问道。

"我……我考虑一下吧。"

"这样吧，"男子微微地扭动了一下脖子，"到了适当的时候，我把这个计划发送到你的邮箱，到时要不要执行计划，就由你自己决定吧。"

男子迅速地吸了口气，没等他答话，紧接着又说："那么，我走了。"

"等……等一下！"他叫住了男子，"你到底……到底是谁啊？"

男子回头瞥了他一眼，丢下了最后一句话。

"我叫沈莫邪。"

第一章　来自死人的挑战 ─────

1

宋田田是HZ市第四中学的高三学生，她成绩一般，家里也没有背景，是一名平凡的女生。不过她容色清秀，性格活泼，热情健谈，在学校里倒有不少朋友。

这天下午，刚高考完的她和同学们到扑克王KTV唱歌，回到家中时，已是傍晚时分。踏进家门，只见母亲在大厅看电视。

"回来啦？对啦，你有一封信哦。"宋母在跟宋田田说话，视线却没有离开电视机。

"信？"宋田田有些好奇。

"我放在你书桌上。"宋母说。

"哦？是真正的信呀？"宋田田秀眉一蹙。她平时跟朋友要么是在网上聊天，要么是用手机发短信或微信交流，连电子邮件也很少使用，更不会写信。

"是谁寄来的信呢？"

宋田田带着这个疑问回到自己的卧房，果然看到书桌上放着一个白色的信封。她走到书桌前，把信封拿起来一看，只见信封中央打印着一行大字——"宋田田小姐收"。

"真的是寄给我的呀？"

宋田田把视线转移到信封的右下角，只见那儿打印着一行小字——"科龙企业股份有限公司"。

本来还抱着"哪个朋友给我寄信让我惊喜一下"的念头，但一看到这行字，宋田田瞬间就泄气了："这应该是广告资料吧？科龙企业？好像是一家房地产公司吧？他们怎么会给我寄送资料呢？我只是一个中学生，根本没有购房的需求呀。"

她叹了口气："一定是我的手机号码被泄露出去了。这年头呀，真是什么隐私都没有了。"

她本来想直接把这封信扔到垃圾桶，但转念又想："还是拆开看看吧，或许是说我中了奖什么的，奖品是什么iPhone之类，哈哈。"

她带着自嘲的笑容撕开信封的边儿，抽出里面的信纸，轻轻地打开，只见那是一篇打印的文字：

宋田田小姐：

您好！

我司目前正在举办"科龙二十载感恩送房"活动，活动过程中，我们从全国各地抽取了五名幸运儿，将分别赠送豪华别墅、商品房、现金购房券等丰厚礼品。

本次活动设有一等奖、二等奖、三等奖和参与奖，每位幸运儿都能百分百中奖。奖励设置如下：

一等奖（1名）：价值一千三百万人民币的豪华别墅一座（位于S市）；

二等奖（1名）：价值六百万人民币的一百五十方商品房一间（位于S市）；

三等奖（1名）：价值三百万人民币的现金购房券（地域不限）；

参与奖（2名）：五十万人民币。

您是我们所抽取的五名幸运儿的其中一位。恭喜您。

请您于2012年6月28日下午五时到达S市郊外的断肠城（我司的董事长柳其金先生的住宅），参加本次活动的最终抽奖及颁奖典礼。抽奖及颁奖，均由柳其金先生亲自主持。

信封里已附上从HZ市前往S市的机票，及S市断肠城具体位置的地图。

热切期待您的参与。

——科龙企业股份有限公司

宋田田读罢全信，大吃一惊。稍微回过神来后，她的第一反应就是："骗子！绝对是骗子！"

她有这种想法并不奇怪。在现在这个危机四伏、尔虞我诈的社会中，如果有人突然告知："你中奖啦！"而且还告诉你奖品价值几百万甚至是过千万，任何一个正常人都不会相信。

一般这种中奖骗局的手法，就是打电话或寄信跟目标人物说你中奖了，但要领奖，首先要交资料费什么的。不过这种手法现在也只能骗骗那些愚昧无知的贪心者。

宋田田认定了信封中还有一份资料通知她汇款交费，可是她猜错了，信封里除了这封打印的信件外，就只有两样东西———一张机票和一张地图。

那张机票的姓名真的是宋田田，飞机是从HZ市机场飞往S市国际机场的，登机时间是6月28日中午。

至于那张地图，则标注着S市断肠城的具体位置。

可是宋田田还是不相信。她笑了笑，一脸不屑："现在的骗子在行骗道具上还真花心思呀。"

她吸了口气，接着又想："可是他们要怎么骗我呢？难道是传销组织，或是什么邪教，把我骗到那什么断肠城，然后就把我监禁起来？又或者是什么色情团伙，想把我……好可怕呀！"

她咽了口唾沫，本来想把信件、机票和地图一股脑儿给扔掉，可是却又有些摇摆不定："万一是真的呢？"

于是她打开电脑，上网搜索科龙企业的相关信息。如她所想，科龙企业股份有限公司确实是一家房地产公司。进入科龙企业的官方网站后，她发现他们真的正在举办一个名叫"科龙二十载感恩送房"的活动。

"啊？是真的？"宋田田目瞪口呆，"我、我真的中奖了？奖金至少有五十万？如果运气好，能有几百万甚至过千万？"

她强迫自己冷静下来，从口袋里掏出手机，用颤抖的手拨通了科龙公司的咨询电话，询问这个送房活动的具体事宜。科龙公司的工作人员告诉她，他们公司的确正在举办送房活动，已有五名幸运儿诞生，但不方便透露幸运儿的信息。

"五名幸运儿？"宋田田的心怦然一跳，"信件中确实说在全国各地抽取了五名幸运儿呀！难道……这竟然是真的？"

"不！这一定是骗局！天下没有免费的午餐！"她紧接着这样告诉自己，可是内心却不由自主地冒出兴奋的感觉，连绵不绝。

2

当晚吃晚饭的时候，宋田田把这件事告诉父母。

她的家境一般，父亲是一名货车司机，母亲则没有工作，一家四口——她还有一个姐姐——住在只有五十多平方米的出租屋里。要拥有一座属于自己的房子对他们家来说，是遥不可及的梦想。

父母听完宋田田的叙述后，宋母兴奋得大叫："咱们总算熬出头啦！田田，哪怕你运气再差，总能拿个五十万回来吧！这回咱们发财啦！发大财啦！"

由于宋田田的父亲一个人工作要养活四个人，所以他们的日子过得紧巴巴的。五十万对他们家来说，的确是一个大数目。

但宋父却摇了摇头："怎么可能有这种好事儿？哪怕真有，也轮不到咱们。这一定是个陷阱。田田，不要去！"

宋母气得大吼："你疯了吗？不去？五十万呀！而且是最少五十万呀！如果运气好，还能有几百万呀！上千万呀！那是你十辈子也赚不来的钱呀！窝囊废！"

宋父重重地"哼"了一声："你说谁窝囊废？要不是我每天开十多个小时的车，你们早就饿死了！倒是你呀，天天窝在家里看电视，也不出去

017

工作，对这个家一点贡献也没有！"

"好呀！这样说我，是造反了吧？"宋母不甘示弱，"好！我现在就回娘家，看看谁给你们做饭打扫洗衣服！"

父母各不相让，越吵越厉害，几乎要打起来。宋田田觉得无比厌烦，饭也没吃完，便回自己的卧房去了。

宋田田的家以前可不是这样的，虽然生活拮据，但一家四口，总算和睦友爱。可是，自从姐姐发生了"那件事"后，父母的脾气就逐渐变得火爆起来，经常因为一些鸡毛蒜皮的小事吵个不停，而姐姐也终日待在自己的房间里不出来，家里的温馨氛围一去不复返，宋田田真是越来越不愿意待在家里了。

她躺在床上，胡思乱想，不禁又想到那封中奖信："如果这封信是真的，我真的能拿个几百万回来，姐姐就能好起来了，爸妈也不会经常吵架了，那该多好呀……"想着想着，逐渐入睡。

3

次日上午，宋父向公司请了半天假，亲自带宋田田来到科龙企业在HZ市的分公司询问"科龙二十载感恩送房"这个活动的事。宋田田出示身份证，科龙公司的工作人员经过核查对她说："宋小姐，恭喜您，您确实是我们公司所抽取的幸运儿。"

"啊？"宋田田失声惊呼，"真的？"

但刹那之间，惊讶已被兴奋代替。

"太好了！我们一家都能过上好日子了！"她甚至已在计划拿到奖金以后怎样使用。

而宋父则还是有所怀疑，对那工作人员问道："不好意思，我想问一下，你们是按什么标准抽奖的？此前田田跟贵公司应该没有交集吧？你们为什么会抽到她呢？"

工作人员微笑回答："这位先生，不好意思，因为抽奖是由总公司那边进行的，所以详细情况我们也不清楚。我只能肯定地告诉您两件事：一、我们公司的这个送房活动已有多个媒体报道过，绝对是真实的；二、您的女儿，的确是我们公司所抽取的幸运儿之一。"

回家以后，宋田田把科龙公司那工作人员的回答告知母亲。宋母听后激动无比："我就说嘛，哪有这么多骗子？乖女儿，妈可没白养你啦，哈哈！"

她接着又瞥了宋父一眼，不屑地道："你说你这个人嘛，真是成事不足败事有余，差点坏了大事。如果当初田田听你说没去领奖，我跟你没完没了！"

宋父"哼"了一声，低声骂道："无知妇孺。"

宋母怒道："你说什么？"

宋父不再理会她，转头对宋田田道："天上怎么会无缘无故掉馅饼？田田，我终究觉得这件事不是我们所想的那么简单的。那科龙公司真靠谱吗？唔，明儿我再找公司的同事问问……"

"问你妈！"宋母粗鲁地打断了宋父的话，"田田，别听你爸的！到时你去领个一等奖回来，然后我们把那别墅卖掉，唔，至少能卖个一千万吧？嘿嘿！咱们下半辈子都不用愁啦！"

4

其后宋田田问过好一些同学和朋友，得知科龙公司是靠谱的，而他们所举办的这个"科龙二十载感恩送房"活动，也确实有不少媒体报道过，真实性很高，所以，她已决定届时前往S市的断肠城参加抽奖。

但她还是有些地方没想通：此前跟科龙公司完全没有交集的她，为什么会成为幸运儿呢？科龙公司选取幸运儿的标准到底是什么？

她是在6月12日那天收到领奖信的，距参加抽奖及颁奖典礼还有十多天。于是接下来的日子，她便在万分期盼和些许疑惑中等待着6月28日的到来。

过了两天，她突然心血来潮，上网搜索科龙公司董事长柳其金的资料。信中说6月28日的抽奖及颁奖典礼，地点设在柳其金的家，而且抽奖及颁奖，均由柳其金亲自主持。那么这个柳其金到底是个什么人呢？

百度百科里有柳其金的详细资料。但宋田田只是粗略地看了一下他的近照和个人简介。这柳其金看上去大概六十来岁，头发花白，满脸沧桑。其个人简介如下：

柳其金，1952年7月1日出生于S市，S市交通大学临床医学专业毕业，其后于S市第三人民医院任职，1984年弃医从商，1991年创立科龙企业股份有限公司，历任公司董事长兼总经理，2006年辞去科龙总经理职务，其后雇用工程队在S市郊区建造了一座占地五千多平方米的城堡，自称"断肠城"，与妻子于"断肠城"中隐居，2009年其妻因病辞世，现独居于"断肠城"中，深居简出。

"这位柳其金还真是个传奇人物呀！"宋田田心想。

与此同时，她在看过柳其金的照片后，对他有一股亲切感。

因为柳其金是单眼皮的，这跟宋田田一样。

宋田田的父母都是双眼皮的，姐姐也是双眼皮的，偏偏宋田田却是单眼皮的，这是她从小到大心中最大的遗憾之一。也因为如此，所以她每次看到单眼皮的人，都会觉得格外亲切。

5

一晃十天便过去了，这天是6月25日，距宋田田出发前往S市的断肠城还有三天。

吃过午饭，她回卧房上网，正在跟同学聊天，QQ邮箱却突然收到一封电子邮件。

宋田田：

你是不认识我的。但这并不重要。

这封邮件我写于2009年11月，其后我使用了邮箱的"定时发信"功能，让你在两年半后才收到。

你有每天登录QQ的习惯，而登录QQ就能第一时间看到QQ邮箱里的新邮件，所以我估计，你收到这封邮件的时间，就是我所设定的发信时间——2012年6月25日。

也就是说，三天后，你将前往位于S市郊区的断肠城。

在你出发前，或许会有一位名叫"X"的人出现。他（她）是来帮助你的，请你对他（她）百分之百信任。

在你的书桌下方有一个信封。在你和X见面之后，请代我把那个信封交给他（她）。

如果直到你出发那天，X也没有出现，那么请你进入断肠城后好好照顾自己。至于书桌下方的信封，可由你任意处置。

祝你好运。

——沈莫邪

这封邮件可真让宋田田感到莫名其妙。看完邮件，她不禁嘟哝道："什么跟什么吗？"

她定了定神，暗自思忖："沈莫邪是谁呀？我真不认识呀！好，先不管他是谁。如果这个叫沈莫邪的人，真的是在2009年写下这封邮件的，那么他当时怎么可能知道我在2012年6月28日要前往断肠城？要知道，科龙公司的送房子活动，是今年才举办的。那沈莫邪在两年半前不可能知道科龙公司会在2012年举办这样一个送房子活动，更不可能知道我会成为活动的幸运儿之一。"

想到这里，她豁然开朗："一定是哪个同学在跟我开玩笑。"毕竟她把自己收到科龙公司的领奖信一事告诉了不少同学。

这封电子邮件还说在宋田田卧房的书桌下方有一个信封。

"这怎么可能吗？除非跟我开玩笑的人是我家里的人。但老爸老妈都不会用电脑发邮件呀。姐姐也不会这么无聊，而且现在她也没心情干这种事吧？"

虽然觉得根本不会有什么信封，但宋田田还是抱着好奇的心理，蹲下身子查看了一下，竟然发现真的有一个黑色的信封贴在书桌下方！

宋田田大吃一惊："怎、怎么？谁在这里贴了一个信封？"

信封是使用双面胶贴在书桌下方的，贴得很牢固，宋田田好不容易才把它撕了下来。

"真恐怖呀！那个恶作剧的人竟然能神不知鬼不觉地潜入我家，在我的卧房里放一个信封！"

她一边想一边把信封打开，抽出信纸，只见这封信的字数不多，内容莫名其妙，什么"最后一个杀局"呀，什么"这一次谁胜谁败"呀，总之就是不知所云。

她认定了这是一场恶作剧。她的同学朋友应该不会这么做。一定是她的同学朋友把她收到领奖信的事又跟另外一些朋友提起，而其中的某个人因为嫉妒宋田田成为科龙公司送房活动的幸运儿，所以潜入她家，放下奇怪的信件，并且给她发送电子邮件，想要吓唬一下她。

过了一会，宋田田便没把这件事放在心上了。

可是当天晚上，她却接到一通电话。在电话里，一个男子用毫无抑扬顿挫的声音说道："你是宋田田吗？我是沈莫邪在邮件中提到的那

个 'X' ……"

6

慕容思炫，一个性情孤僻、行为怪异的无业男青年。

这天傍晚，他待在他所住的出租屋里，百无聊赖，于是左手跟右手下起斗兽棋来，正玩得兴起，手机却不识时务地响了起来。思炫斜眉一蹙，拿起手机，只见打过来的是一个陌生的号码。

他接通了电话，却没有说话。

"你是慕容思炫，对吧？"电话里传来一个女声，听声音年龄在三十岁到四十岁之间。

思炫低低地"嗯"了一声。

那女子接着说："两年前发生在L市的曲家灭门案，最后把上吊自杀的曲泽洋救下来的人，就是你吧？"

思炫听女子这样说，"咦"的一声，已猜到这女子的来意了。他咬了咬手指，淡淡地道："你接着说。"

那女子微微地吸了口气："看来你也知道了，是沈莫邪叫我来找你的。你不必知道我是谁，也不必知道我是怎样查到你的事的。反正我就是来传信的。以下是沈莫邪生前对你说的话，你听清楚了。"

她顿了顿，换了一种毫无起伏的语气，机械式地读道："X，在HZ市，有一位名叫宋田田的女孩，她在三天后，会到S市郊外的断肠城去参加由科龙公司举办的送房子活动的最终抽奖及颁奖典礼。我希望你能去协助她。而且，断肠城里有我所设计的杀局，那是我本次对你的挑战。

"那位宋田田的手机号码是138××××××××，请你联系她。在写下这段给你的留言之前，我给宋田田发送了一封她在两年多以后才能收到的定时电子邮件，告诉她会有一个名叫X的人帮助她。宋田田收到那封电子邮件的时间，应该比你早几个小时。你找她的时候，请自称X。此外，她手上还有一封信，那是我给你的，到时你提醒她带给你。"

女子说到这里，快速地吸了口气，又换回自己原来的语气说道："好了，我已经把沈莫邪要我转告你的话一字不漏地告诉你了。就这样吧，再见！"

没等思炫答话，她已挂掉电话。

思炫抓了抓那杂乱不堪的头发，大脑开始极速运转，思考现在的情况。

沈莫邪这个人，思炫是认识的。简单地说，这沈莫邪是一个死人，他在两年多前就服毒自杀了。可是他的死亡，并不代表他跟这个世界再也没有瓜葛了。在他死前，他布下了一个惊天动地的连环杀局，利用人类的贪欲，利用人性的弱点，让那些他所憎恨的人，在他死后自相残杀，自取灭亡。

这个杀局启动后，十分顺利，如多米诺骨牌一般，一环扣一环，势不可挡。他计划要惩罚的那些人，死的死，疯的疯，残废的残废，几乎无一幸免。

这个杀局，就是刚才那女子在电话里所提到的"曲家灭门案"。

本来杀局最后要杀的是一个叫曲泽洋的人。可是在杀局发展到最终阶段的时候，慕容思炫介入了，并且破坏了沈莫邪的计划。

而沈莫邪，在死前曾留下一封信给这个可以破坏他的杀局的人。信中有这样几段：

　　　　X（沈莫邪虽然料事如神，但在生前终究无法知晓那个破解他的杀局的人的姓名，所以只能称呼慕容思炫为X），我的杀局是完美无缺的，但你却破解了我的杀局，把杀局中的其中一颗棋子——曲泽洋，给救了出来。我很欣赏你。遗憾的是，如此一个让我敬佩和欣赏的人，终我一生，却无缘相见。

　　　　我虽然已经离开了这个世界，但在我死前，我曾用了十年的时间，在我们生活的这座城市，在我们生活的这个国家，在我们生活的这个星球，布下了数不胜数的杀局，以惩罚那些贪婪的人、自私的人、心怀鬼胎的人。

到了适当的时候，我会找人通知你，接受我的新挑战，破解我的新杀局。不要因为我是一个死人就对我掉以轻心。死亡对我来说，只是一个很小的阻碍，基本不会影响我所制定的各种惩罚恶人的计划。

不知道下次，我跟你，谁胜谁败呢？

期待我们下次交手的时刻。（参看《来自地狱的杀局》）

就这样，慕容思炫跟沈莫邪——这个已经死掉的人——的对决展开了。

其后，在两年前，有一个名叫郭志念的男子来到思炫的家找他，请求他破解一起匪夷所思的"死神"现身并逆转时间的事件，并且交给他一个红色的信封。这个"死神"逆转时间的诡计，就是沈莫邪生前策划的，那是他对慕容思炫的第二次挑战。

至于那个红色信封里的信，是沈莫邪生前写给思炫的，内容如下：

X：

这是我们第二次交流。

这一次，我给你带来了一个小谜题。我相信破解这样的谜题对于你来说是不费吹灰之力的。就当是我们正式决战前的小热身吧。

——沈莫邪

最后思炫根据郭志念的叙述，成功破解了沈莫邪的这个诡计。

但是，郭志念是怎样找到慕容思炫——这个破解了沈莫邪第一个杀局的X——的呢？

原来，沈莫邪在自杀前，曾经给一位姓张的男子寄了两封挂号信。这男子以前是一名刑警，但当时已经退休了，自己开了一家侦探事务所，利用自己的经验接一些侦查工作。

沈莫邪寄给张探长的第一封信，是请张探长在2010年1月前后——即沈莫邪服毒自杀及曲家灭门案发生的一个月后，去调查一个名叫曲泽洋的男青年是否仍然生存，如果生存，再去调查在曲泽洋性命攸关之际，是谁把他救下来的。调查好这些以后，就可以打开第二封信。

信中还有这样一段话：

附带一提，在委托您调查的同时，我还委托了一名职业杀手监视您，您现在的一举一动，都在那名杀手的监视之下。如果您愿意接受我的委托，那么我保证，那名杀手绝不会扰乱您的生活。但如果您拒绝我的委托，那么那名杀手会对您以及您的家人不利。

因为调查曲泽洋一事对本人来说事关重大，但我又由于某种原因无法亲自执行，所以对您出此下策，不敬之处，敬请原谅。

这段话明显带着威胁的语气，意思简直就是："如果你不帮我，我就让杀手干掉你全家！"如果是在年轻气盛的时候，张探长收到这样一封信，必然把信一撕，一脸傲气地说："我就是不帮你！我倒要看看你能把我怎样？"但现在他已经老了，在社会上打拼了几十年的他，一股傲气早被消磨光了，如今，他比数十年前要圆滑得多，比年轻之时更沉得住气。

"反正也不是什么困难的事，就帮他调查一下吧。"当时张探长心里这样想。

而这一切，大概都在沈莫邪的计算之中吧。

接下来，张探长根据沈莫邪所提供的线索，对曲泽洋展开调查。通过一连串的调查，他查出了在2009年12月的时候，曲泽洋重伤了自己的姐夫，随后企图上吊自杀。紧急关头，他被一个男青年所救，保住了性命。这个男青年名叫慕容思炫，二十二岁，无业。

完成了第一封信的委托后，张探长打开了沈莫邪寄来的第二封信。那封信的内容大致如下：

　　既然您打开了这封信，说明曲泽洋果然被救下来了。您已经查到了把他救下的那个人的姓名了吧？谢谢您。

　　接下来，我想请求您帮我做另一件事。请您在2010年5月1日致电给一位叫郭志念的男子（关于此人的详细资料见附表），约他出来见面。在您刚拆开的这个信封里，除了您现在正在阅读的信件外，还有一张十万元人民币的支票，以及一个黑色的小信封。那张支票是我给您的报酬。至于那个黑色的信封，请您帮我交给郭志念，并且告诉他那个把曲泽洋救下来的人的姓名、电话、地址等详细资料。

就是因为这样，所以张探长找到了郭志念，把那个黑色的信封交给他，并且告诉他慕容思炫的联系方式。

而郭志念所收到的那封信的大概内容则是这样的：

　　郭先生，你好。对于一个月前发生的死神琉克逆转时间之事，你一定百思不得其解吧？如果终究无法解开这个谜团，你是否一辈子都不甘心呢？放心，有一个人能帮你解开这个谜。张探长会把那个可以帮助你解谜的人的姓名和联系方式告诉你。在你刚才打开的信封里，还放着一个红色的小信封。你去找到那个人，把那个红色的信封交给他，并且把你一个月前所遇到的匪夷所思的事情告诉他，让他帮你解答吧。（参看《死神走了》）

总之，这个沈莫邪智商极高，他在自己生前，就制定好不少计划，每一个计划都环环紧扣，可谓机关算尽，天衣无缝。同时，他以各种不同性格的活人作为自己的棋子，让这些人在相互牵制的同时，又共同完成他所制定的各种计划。

譬如在刚才提到的"死神"现身事件中，沈莫邪就通过某种方法牵制着一个杀手，又让那杀手牵制着张探长，再让张探长查出X的身份，并让郭志念通过张探长找到X——慕容思炫，最终把自己所设计好的诡计，展现在慕容思炫面前。

这就好比多米诺骨牌。沈莫邪在生前，经过周密计算，排列好每一块骨牌，并且利用某种方法让第一块骨牌在特定的时间倒下。于是在他死后，第一块骨牌倒下，其余骨牌产生连锁反应，依次倒下，无法阻止。

这可比当年吓退了活司马的死诸葛要厉害得多。

所以，刚才给慕容思炫打电话、通知他找宋田田的那个女子是谁，思炫真的不必理会，因为她只是沈莫邪生前所安排好的、在此时此刻来通知慕容思炫到断肠城接受挑战的一枚棋子而已。

刚才在电话中，那女子提到沈莫邪的时候，语气有些厌恶，可见她并非心甘情愿帮沈莫邪调查曲家灭门案，只是被沈莫邪通过某种方法所牵制，不得不当这个传信者。

7

慕容思炫先上网搜索了一下关于科龙公司及其董事长柳其金的资料，得知科龙公司确实正在举办一个送房子活动，也知道了柳其金的一些生平事迹。其后，他按照那女子在电话中提供的手机号码，拨通了那个名叫宋田田的女生的电话，直截了当地说道："你是宋田田吗？我是沈莫邪在邮件中提到的那个'X'……"

宋田田本以为下午收到的电子邮件只是某位嫉妒者的恶作剧，没放在心上，没想到现在竟然真的收到一个自称X的人的电话，由不得吃了一惊。她定了定神，问道："你是谁呀？你认识那个叫沈莫邪的人？他又是谁呀？你们是怎样潜入我家，把那封信贴在我的书桌下方的？"

"信？"思炫稍微沉吟，问道，"沈莫邪在邮件中是否说过那封信是给我的？"

宋田田回想邮件的内容，确实有这么一句："在你的书桌下方有一个信封。在你和X见面之后，请代我把那个信封交给他（她）。"

"是的。"她回答道。

思炫"哦"的一声，舔了舔左手的大拇指，淡淡地说："今天是6月25日。三天后，即6月28日那天，上午十点左右，我们在S市国际机场碰面。具体碰头地点，我们到时在电话里说。"

宋田田皱了皱眉："干嘛呢？难道……你和我一起去断肠城？"

思炫的回答简单明了："是。"

"这……"宋田田有些犹豫。对于宋田田来说，对方是一个素未谋面的陌生人，让他陪自己前往断肠城，真的没问题吗？

可是宋田田又想到沈莫邪那封电子邮件中的另一句话："他（她）是来帮助你的，请你对他（她）百分之百信任。"

虽然她跟这个叫沈莫邪的神秘人也不认识，但不知道为什么，她总觉得那封电子邮件的文字中，散发出一种令人信任的力量。

"这个自称X的人到底是谁呢？他真的是来帮助我的吗？要不要让他跟我同往断肠城呢？断肠城之行会有危险？"

宋田田还在思索，已听思炫接着说："到时记得把沈莫邪要交给我的那封信带给我。"

没等宋田田回答，思炫已挂掉电话。

他的心里有些期待。

这个已经死去两年多的人，这次会布置怎样的杀局，给他带来怎样的挑战呢？

对此，思炫拭目以待。

第二章　初到断肠城 ————————

1

出发当天，宋田田早早起床，梳洗以后，来到姐姐的卧房前，吸了口气，轻轻敲门。

房内无人应答。

宋田田又敲了两下门，但姐姐还是没有回答。宋田田犹豫了一下，轻轻地把门打开了。

在房间里，有一个人半卧在床上，望着天花板怔怔出神。这个人的头部绑着严严实实的绷带，只露出双眼、鼻孔和嘴巴，十分诡异恐怖。

此人正是宋田田的姐姐。

宋田田微微地叹了口气，走进房间。房间里不仅窗户全关，而且还拉上了窗帘，整个房间闷热而阴暗。

她来到床前，坐在床边，轻声叫道："姐……"

姐姐回过神来，朝宋田田看了一眼，没有说话。

宋田田轻轻握住姐姐的手，说道："姐，我现在就出发了。如果运气好，我能拿到一间几百万的商品房，甚至是一间一千多万的别墅。把房子卖掉后，那些钱足够你到国外去做手术。所以，姐，别太难过，一切会好起来的。"

姐姐还是没有说话，只是把宋田田搂在怀里。宋田田鼻子一酸，抱着姐姐，低声抽泣起来。

过了好一会，宋田田才站起身子，擦了擦眼泪，说道："我走了，姐。等我回来。"

姐姐轻轻地"嗯"了一声，但终究没有说话。在姐姐出事后，宋田田基本没听她说过话。

接下来，宋田田到父母的房间跟父母告别。宋母一脸兴奋，叫她一拿到奖金奖品就马上回来。而宋父还是有些担心，嘱咐宋田田万事小心。

2

离家以后，宋田田乘车来到HZ市机场，用科龙公司寄给她的那封领奖信中的机票换取了登机牌，乘坐飞机来到S市国际机场。

下了飞机，走出候机厅，她看了看手表，是上午九点三十二分。她打算给X打个电话，拿出手机，开机以后，却见手机收到一条短信，发送的号码正是X的手机。

宋田田打开短信一看，内容简短清晰："我是X，我在1号航站楼一楼的麦当劳门外的麦当劳叔叔那里等你。"发送的时间是九点二十三分。

十多分钟后，宋田田来到麦当劳，远远看到一个人蹲在麦当劳叔叔雕像的大腿上，举止实在怪异。那是一个二十来岁的男青年，头发不长也不短，但却杂乱无比，双眉斜飞，两目无神，一脸呆滞表情。此刻他两手各拿着一个甜筒，这个咬一口，那个啃一下，正吃得津津有味。

"这个人就是X？"宋田田低声嘟哝，"看样子是个很难相处的怪人呀。"

但她还是走到这个男青年跟前，微微一笑："你好，我是宋田田。你就是X？"

男青年抬头向宋田田瞥了一眼，冷冷地说："是。我叫慕容思炫。"此人当然便是一心前往断肠城破解沈莫邪所布置的杀局的慕容思炫了。

宋田田笑道："好酷的名字哦。那接下来我就不叫你什么XYZ了，直接叫你慕容大哥就好了。"

对于宋田田的建议，思炫不置可否，他只是"哦"了一声，淡淡地问道："沈莫邪给我的信呢？"

宋田田把那个在自己卧房的书桌下方所找到的黑色信封从背包里拿了出来，递给思炫。其实她已经提前看过这封信的内容了，但此时她并没有把这件事告诉思炫。

　　思炫接过信封，抽出信纸，只见信上写道：

　　X：

　　　　别来无恙？

　　　　如无意外，这是我们第四次交流。

　　　　这次的杀局，是我跟这个世界告别前所策划的最后一个杀局。策划这个杀局的时候，我热情高涨，心情激动，因为在这个杀局的策划工作完成后，我就要跟小池相见了。希望你在破解这个杀局的时候，也能感受到我当时的激情吧。

　　　　真的很想知道，这一次，我跟你，谁胜谁败？可惜我是永远不可能知道的了，哈哈。

　　　　　　　　　　　　　　　　　　　　　　　　　　——沈莫邪

　　思炫快速看完信件的内容，眉头一皱，喃喃自语："第四次？"

　　沈莫邪和思炫的第一次"交手"，是在2009年12月发生的曲家灭门案中，而第二次"交手"，则是发生在2010年5月的"死神"现身事件。此后沈莫邪的杀局销声匿迹，直到三天前才有人通知思炫到断肠城接受新的挑战。所以，这次应该是沈莫邪和思炫的第三次交流，为什么他在信里却说是"第四次"？

　　看来真正的"第三次交流"由于某种意外——譬如沈莫邪早就安排好的通信人在通知思炫前意外身亡，最终没能按照沈莫邪的计划顺利通知思炫。也就是说，沈莫邪对思炫的第三次挑战是什么，思炫或许永远不会知道了。

　　看来这个天才罪犯沈莫邪也有失误的时候。

　　但其实细想之下，这并不奇怪。譬如这次的挑战，三天前打电话给思

034

炫通知他找宋田田的那个女子，如果她在通知思炫前已经意外身亡，那么思炫便不会知道沈莫邪设在断肠城里的杀局，也不会联系宋田田，因而跟沈莫邪的这次挑战失之交臂。

虽然沈莫邪智商极高，几乎计算到一切有可能出现的情况，但他毕竟已经死了，一个死人，是无法干预这个日新月异的世界的。这就好比沈莫邪虽然生前计算好每一块多米诺骨牌的摆放位置，确保第一块骨牌倒下后，剩余的全部骨牌都能顺利倒下，可是如果一只小鸟叼走了其中一块骨牌，导致"不倒牌"的出现，那沈莫邪的全盘计划，还是会遭受毁灭性的破坏的。对于已经身处地狱的他，对此是无可奈何的。

3

慕容思炫和宋田田碰头后，宋田田提议先在麦当劳吃午饭，随后再前往断肠城。思炫赞同。宋田田要了一份套餐。而思炫则要了三十个甜筒和一杯开水。对此宋田田目瞪口呆。

用餐的时候，宋田田向思炫问道："对了，慕容大哥，那个沈莫邪到底是谁呀？你认识他？"

思炫把一个甜筒塞进嘴里，使劲地咀嚼了几下，咽了下去，才慢悠悠地说："把科龙公司寄给你的领奖信和沈莫邪发给你的邮件的内容告诉我。"

宋田田点了点头，把两封信件的内容毫无保留地告知思炫。思炫听完以后，稍微思索了两秒，问道："你家的房子是买的还是租的？"

宋田田没有料到思炫会突然问这样一个跟领奖事件风马牛不相及的问题，微微一怔，但还是回答了："是租的。怎么啦？"

思炫又往嘴里塞进一个甜筒，接着喝了一口热水，才说道："如果房子是买的，而且沈莫邪在2009年的时候调查到你们在几年内应该不会换房子，那他有可能当时亲自潜入你家，把那封要交给我的信贴在你卧房的书桌下方；但既然你们的房子是租的，在几年内更换的可能性比较大，那我推测沈莫邪在2009年的时候把那封将要交给我的信交给了某个人，再让那个人在最近才潜入你家，把信贴在你房间的书桌下面。"

宋田田喝了一口可乐，说道："嗯，我们现在所住的房子是今年年初才租下来的，原来的房子，因为房东加租，所以我们就没再续租了。"她顿了顿，舔了舔嘴唇，接着说："也就是说，你说的那个人确实是最近才潜入我家留下那封信的。可是，为什么你会认为是沈莫邪委托别人潜入我家，而不是自己行动呢？"

思炫又喝了一口水，清了清嗓子，一字一顿地说："因为，那个沈莫邪在2009年的时候就已经死了。"

宋田田大吃一惊："什、什么？死了？"她定了定神，问道："他到底是什么人呀？"

思炫打了个哈欠，伸展了一下四肢，把关于沈莫邪的事以及自己跟沈莫邪两次"交手"的经历，简单地告知宋田田。宋田田听得连表情也凝固了。等思炫说完，她呆了半晌才回过神来，问道："这么说，在那断肠城里，或许有人会死？"

"是。"思炫的回答简短而冰冷。

宋田田咽了口唾沫："看来我爸说得没错，天上不会无故掉馅饼。"

思炫拿起一个甜筒，在那杯开水里蘸了一下，咬了两口，舔了舔嘴唇，说道："你可以回家。现在还来得及。"

宋田田听思炫说完那个满身邪气、手段毒辣的沈莫邪的生平事迹后，心里确实有打退堂鼓的念头。可是她转念又想："我已经向科龙公司咨询过，这个送房子活动的确是真实的，而我也确实是幸运儿之一，如果我不到断肠城去，那就失去领奖资格了。没有了那笔奖金，爸爸每天还是要早出晚归地工作，妈妈会继续每天怨天尤人，姐姐也不能到国外做手术。唉，好不容易才出现的这个可以改变我们一家人命运的机会，我怎么能轻易放弃呢？

　　"再说，那个什么沈莫邪已经死去两年多了，他在两年多前在断肠城部署好的计划，现在不一定能顺利执行。哪怕计划顺利执行，断肠城里真的有人被杀，但我没有得罪过人，应该不会招惹杀身之祸吧？

　　"还有，沈莫邪在邮件里不是说，这位慕容大哥会帮助我，让我对他百分之百信任吗？既然这个沈莫邪料事如神，我就该相信他的话。也就是说，只要我完全信任慕容大哥，进入断肠城后，无论到哪都紧跟着他，就不会有危险了。等我拿到奖金后，就跟慕容大哥尽快离开断肠城。"

　　想到这里，宋田田终于下定了决心，对思炫说道："我决定去。"

　　对于宋田田经过深思熟虑才做出的这个决定，思炫的反应却有些冷淡，他只是简短地回答了一个"好"字。宋田田的心里不禁又有些担忧了："这个怪模怪样的人，真的值得信任吗？进入断肠城以后，他真的能保护我吗？"

4

　　吃过午餐，两人离开麦当劳，走出机场。

　　"我们现在就到断肠城去吧。"慕容思炫抓了抓头发，向宋田田问道，"断肠城的地图呢？"

　　宋田田从背包里掏出科龙公司连同领奖信一起寄给她的那份标注了断肠城位置的地图，交给思炫。思炫打开地图，瞥了一眼，说道："断肠城的位置很偏僻呀，公交车和地铁都不会经过。"

　　"那怎么办？"宋田田问。

　　"乘出租车去吧。"思炫回答。

　　可是由于断肠城所处的位置离市区实在太远，几乎都在S市的管辖范围之外了，而且那里偏僻荒芜，渺无人烟，因此他俩问了好几台出租车的司机，却没有一位司机愿意前往。

最后思炫给一位出租车司机支付三倍车费，那司机才勉强同意把他俩载到断肠城去。

数小时后，出租车抵达断肠城所在山峰的山脚了。思炫和宋田田下车以后，司机指了指山腰，说道："断肠城应该就在那儿吧，车子开不上去，就这样了。"没等两人答话，便已开车离开。

两人在崎岖的山路上走了十多分钟，终于看到断肠城了。其时已经是下午四点二十八分了，距离领奖信中所说的集中时间还有半个小时。

远远望去，只见这传说中的断肠城乃一座哥特式城堡，共有三层，气势宏伟，高耸削瘦，数十个肋状拱顶错落有致，十多扇尖形拱门排列整齐，深灰色的外墙与周围的草木形成鲜明的对比，给人一种神秘而哀婉的感觉。

"哇！"宋田田有些兴奋，"我从来没见过真正的城堡呢！好漂亮呀！"

思炫望着断肠城，吸了口气，淡淡地道："进去以后，尽量不要跟我分开行动。"

宋田田使劲地点了点头："当然！你到哪儿我都跟着你！"

思炫"嗯"了一声，扭动了一下脖子，说道："那进去吧。沈莫邪在两年半前所部署好的杀局，就在里面等着我们。"

5

两人走近断肠城，只见断肠城的城门大大地敞开。在城门之外，站着一个男子，三十出头，一米七左右的个头，瘦猴脸，卧蚕眉，平塌的鼻子上架着一副老式的金丝眼镜，目光灼人，一脸严肃。他的身上穿着一件灰白色的长袖衬衣，双脚则穿着一条黑色的西裤，衣着搭配比较古板。

宋田田走到这金丝眼镜儿男跟前，笑着跟他打招呼："你好哦，我是来参加科龙公司的抽奖活动的，唔，我是幸运儿之一。请问你是科龙公司的工作人员吗？"

眼镜男向宋田田瞥了一眼，冷冷地说："我也是来参加抽奖的。"

"哦？"宋田田微微地吸了口气，"你也是幸运儿之一？"

眼镜男低低地"嗯"了一声，对于宋田田的提问不置可否。

"我们是在这儿等科龙公司的人过来吗？"宋田田又向眼镜男问道。

对于宋田田的频频发问，眼镜男似乎有些厌烦。他指了指断肠城的城门，淡淡地道："你自己过去看看。"

宋田田"咦"的一声，朝城门看去，只见城门上贴着一张纸。而思炫此刻早已站在门前，望着纸上的内容怔怔出神。宋田田走过去一看，只见那张纸上打印了几行字：

热烈欢迎在"科龙二十载感恩送房"活动中被我司所抽中的五位幸运儿前来断肠城，有失远迎，万望海涵。

请各位幸运儿自行进城，并根据沿路的指示牌前往指定地点。我将于该处恭迎各位光临。

——科龙董事长柳其金

"咦？是科龙公司的董事长柳先生给幸运儿的留言呀。他让我们自己进城。"宋田田说到这里顿了顿，转头向眼镜男问道，"你怎么不进去？"

"反正时间还没到，我就在门外先等等其他人呗。"眼镜男的语气还是那么冷淡。

"那我们现在进去吧？"宋田田说。

"好。"眼镜男回答。

三人走进断肠城。玄关是一道由数十个半圆拱门组成的、弯弯曲曲的走廊。眼镜男朝走廊的尽头看了一眼，吞了口口水，低声自语："这里就是'斩首城'呀？"

他的声音虽然极低，但思炫耳朵很灵，听到了他所说的"斩首城"三字，斜眉一蹙，重复了一句："斩首城？"

眼镜男向思炫瞥了一眼，却没有回答。

三人在沉默中前进，气氛有些尴尬。

"对了，你叫什么名字？唔，我叫宋田田。"宋田田为了打破尴尬的氛围，热情地向眼镜男介绍自己。

然而眼镜男的回答却有些敷衍："嗯，我姓臧。"

"张？""臧，臧克家的臧。"

"臧克家？噢！我知道啦！就是写'有的人活着，他已经挂了；有的人挂了，他还活着'的那个臧克家。"宋田田一脸兴奋地说。

对于宋田田故意把原句中的"死"字改成"挂"字的举动，眼镜男皱了皱眉，但却没有说话。气氛再次陷入尴尬。

走了一会，三人来到走廊尽头，却忽然听到后面传来一阵急促的脚步声，自远至近。三人停住脚步，不约而同地回头一看，只见一个人从后头匆匆赶上来。当这个人看到站在前方的慕容思炫、宋田田和眼镜男后，大声叫道："喂！前面的人，等等我！"

那是一个二十来岁的男青年，个子不高，跟眼镜男差不多，皮肤黝黑，双目炯炯有神，脸上带着丝丝傲气，最引人注目的是，他染了一头深蓝色的头发，显得有些不伦不类。

数秒后此蓝发男走到众人跟前，问道："喂！你们都是科龙公司的人吧？"

眼镜男向这个语气不怎么友善的蓝发男白了一眼，没有回答；思炫甚至连看也不看他，望着空气发呆；至于热情健谈的宋田田，此刻也没有说话，只是紧紧地盯着这蓝发男的脸，怔怔出神，若有所思。

蓝发男"哼"了一声，骂道："靠！你们都是聋子吗？我在跟你们说话耶！"

眼镜男和思炫还是没有理会他。而宋田田则回过神来了："啊？不好意思。唔，我们不是工作人员，我是幸运儿。你也是吧？"

蓝发男点了点头："是呀！"他吸了口气，又向宋田田问道："你叫什么名字？"

"宋田田。你呢？"

"我叫东方鹤马。"蓝发男说道。

"啊？东方鹤马？"宋田田吃了一惊。

"怎么？"自称东方鹤马的蓝发男皱了皱眉，"你听过我的名字？"

宋田田定了定神，笑道："不是啦！你的名字很特别嘛！原来现实中真的有人复姓东方的呀？你跟东方不败有关系吗？"

"切！那是虚构人物而已啦！我怎么可能跟那种不男不女的怪物扯上关系？"

东方鹤马一边说一边打量着站在宋田田身边的思炫，向宋田田问道："怎么？你男朋友？"

宋田田摇了摇头："不是啦！只是朋友而已啦！唔，他是来陪我抽奖的。"

其实宋田田跟慕容思炫初次见面到现在，也只有几个小时，但在宋田田心中，不仅把他当成朋友，而且还是一个值得信赖的伙伴。

"那你有男朋友吗？"东方鹤马直截了当地问。

宋田田笑了笑："没有啦。"

东方鹤马嘴角一扬，嘿嘿一笑："哦？那我……"

他一边说一边打量眼镜男，说到这里，似乎忽然认出了眼镜男，自己打断了自己的话，指着眼镜男说道："啊？你、你是臧大牛？"

眼镜男听东方鹤马这个二十出头的小伙子竟直呼自己的名字，重重地"哼"了一声，不悦道："你是谁啊？"

"我是东方奇的儿子呀！"东方鹤马洋洋得意地说。

"啊？"名叫臧大牛的眼镜男有些惊讶，"是……东方副局长的公子？"

"是呀！上次你到我家送礼求我爸把你升迁的时候，我也在呀，你忘了吗？"东方鹤马冷笑。

面对上级的儿子，臧大牛奉承也不是，动怒又不敢，面如土色，脸上的青筋隐隐约约地浮现出来。

东方鹤马接着问："你也是这个活动的幸运儿之一？"

臧大牛本不想理他，又不敢不理，只好简短地回答："是。"

东方鹤马得势不饶人，嘿嘿笑道："真走狗运呀！"

臧大牛狠狠地咬了咬下唇，不再跟他说话，径自走向前去。

东方鹤马哈哈大笑，对宋田田说："这个臧大牛呀，是我爸的下级，平时在我爸面前像条狗似的，现在却一副自以为是的样子，真让人不爽。"

宋田田勉强地笑了笑，没有答话。虽然她对臧大牛的印象一般，但见他无缘无故被东方鹤马如此羞辱，也不禁对他有些同情。

三人前行，走出走廊，映入眼帘的是一个空间宽敞的大厅，布局跟教堂有些相似。

在大厅的入口旁边立着一个X展架，展架上有个指示牌，上面还有文字说明。此刻臧大牛就站在那X展架前方，踌躇不前。

三人走过去，只见指示牌上有一行字："亲爱的幸运儿，接下来请进入左边的第一扇门。"

众人转头远望，果然看到在大厅左侧的第一扇门前立着另一个指示牌。

"这里真大呀！"宋田田四处张望，由衷说道，"而且装修很漂亮。如果能在这儿住上一段日子，那该多好呀？"

东方鹤马点了点头："嗯，这城堡是挺不错的。回去以后我叫我爸也给我建一座。田田，到时你过来玩儿吧。"

"真的吗？"宋田田一脸高兴，"好呀！说定了呀！"

臧大牛觉得他俩对话幼稚，一脸不屑，暗暗冷笑。

而思炫则跟着指示牌所标示的方向，径自走到大厅左边的第一个门口前方，向门前的指示牌瞥了一眼，只见上面写着："亲爱的幸运儿，现在请进入这扇门。"

思炫扭动了一下脖子，二话没说，开门走了进去。而臧大牛、东方鹤马和宋田田三人也紧随他而去。

6

这座断肠城面积奇大，内部由飞扶壁、花窗玻璃和束柱等组合而成，把哥特式建筑的特色表现得淋漓尽致。

四人一路前进，每次来到分岔口的时候，就会出现一个新的指示牌。如此跟着指示牌走了十分钟左右，来到了一个偏厅。偏厅的大门旁也立着一个指示牌，上面写着："各位亲爱的幸运儿，请在此休憩片刻，抽奖活动及颁奖典礼，将于下午五点半开始，敬请期待。"看来这里便是柳其金将要跟大家见面的地方。

四人走进偏厅，只见这里的面积不大，大概二三十平方，而且摆设十分简单，只有一张木桌和几把木椅，其中在木桌上摆放着一台笔记本电脑。

此时在偏厅里已经有两个人。有一个坐在其中一把木椅上。那是一个留着斜刘海长卷发的女子，年龄大概在二十五岁到三十岁之间，双眼皮，大眼睛，虽非花容月貌，却也算得上楚楚动人了，美中不足的是嘴唇稍厚，而且脸上有些雀斑。

此外还有一个男子，年龄大概比那长卷发女子要小一些，身体健壮，个子高大，看上去至少有一米八，鼻正口方，表情却颇为木讷。他身上穿着一件蓝色的T恤，腿上则穿着一条深灰色的休闲裤，这样的打扮虽然算不上不合时宜，却也毫无特色。此刻他站在偏厅的角落，背脊靠着墙壁，低着头玩手机。

宋田田、慕容思炫、臧大牛和东方鹤马走进偏厅后，长卷发女子向他们看了一眼，温柔一笑，说道："你们也是来参加抽奖的幸运儿吧？"

宋田田点了点头，抢着说道："是哦！我叫宋田田，多多指教。"

长发女子微微一笑，柔声道："你好哦，宋小妹，我叫陈佳茜。"

"陈姐姐好哦。你到了很久啦？"宋田田跟这位自称陈佳茜的女子热情地交谈起来。

陈佳茜笑了笑："还好啦，等了三十分钟左右吧。"

"哇！来了这么久啦？"宋田田说罢看了看手表，"现在五点还不到呀。那领奖信上不是说集合时间是五点吗？你怎么这么早就来啦？"

"早到总比迟到好嘛，迟到的话，或许会被取消抽奖资格嘛，呵呵。"陈佳茜幽默地说。

她接着又指了指站在角落的那个高个男子，笑道："再说，我也不是最早来到的，这位小帅哥比我更早呢。"其实那高个男子其貌不扬，虽非丑陋，却也与"帅"字无缘，陈佳茜称呼他为"小帅哥"，大家都听得出是客气话而已。

高个男子听陈佳茜说起自己，微微地抬起头，朝众人瞥了一眼。

宋田田顺势问道："这位大哥，你也是幸运儿吧？你叫什么名字呀？"

那高个男子舔了舔嘴唇，低声答道："甘土。"

在这个偏厅的左边有一座电梯，电梯门上贴着一张打印着"维修中"三字的A4纸。而在电梯旁边则有一道走廊。慕容思炫进来偏厅以后，一言不发，四处张望。当众人聊到这里的时候，他走进了那电梯旁边的走廊，想要看看这道走廊通往哪里。

那个名叫甘土的高个男子报上自己的名字后，宋田田点了点头，接着转头对东方鹤马说道："东方大哥，你也跟大家介绍一下自己嘛。"

东方鹤马"哦"的一声，对陈佳茜和甘土说道："我叫东方鹤马，我爸是B市××局副局长东方奇。"他说到这里指了指臧大牛，笑道："这个人叫臧大牛，是我爸的手下。"

臧大牛轻轻地"哼"了一声，没有说话。霎时间偏厅内的气氛变得有些尴尬，甚至还掠过一丝火药味儿。

宋田田连忙扯开话题："对啦，刚才走进了走廊的那个人叫慕容思炫。哈哈，在我们当中有姓东方的，也有姓慕容的，好多复姓呀。"

陈佳茜点了点头，迅速地向此刻偏厅内的人扫了一眼，说道："臧先生、甘小哥儿、东方小哥、宋小妹，加上我，总共五个人，看来所有幸运儿都到齐啦！"

她话音刚落，却有一个女子走进偏厅。

7

这女子跟陈佳茜年纪相仿，留着一个中长梨花头，鼻梁上架着一副太阳眼镜，身上穿着一件黑色的V领T恤，腿上则穿着一条蓝色的牛仔短裤。她身材姣好，皮肤雪白，加上那双修长的大腿，可谓明珠生晕，足以让大部分男士垂涎三尺。只是，她的神情冷若冰霜，看样子难以亲近。

陈佳茜向那梨花头女子点了点头，问道："你好，你是科龙公司的工作人员？"

梨花头女子向陈佳茜瞥了一眼，冷冷地说："不是。"

"不是？"陈佳茜有些疑惑，"那是……幸运儿之一？"

梨花头女子微微地点了点头："是。怎么啦？"

陈佳茜双眉一蹙："不是只有五位幸运儿吗？"

"是呀，"东方鹤马插话道，"我收到的领奖信说，科龙公司的这个送房子活动，总共抽取了五名幸运儿。那个叫慕容思炫的，是田田的朋友，不是幸运儿。也就是说，除他以外，到这里集合的应该是五个人。而我们……"

他说到这里，眼珠一转，向在场的臧大牛、陈佳茜、甘土和宋田田各扫了一眼，最后看了看刚走进偏厅的梨花头女子，续道："为什么我们会有六个人？"

"哼！"臧大牛冷不防插入一句，"有一个人不请自来呗。"

"不请自来？"陈佳茜一脸疑惑，"为什么要这么做呢？"

"浑水摸鱼呗，冒充幸运儿骗奖金呗。"臧大牛冷笑。

东方鹤马虽然对臧大牛十分厌恶，但此时却也觉得他说得有道理，想了想，指着那梨花头女子说道："喂！你把你的领奖信拿出来看看！"

"为什么要给你看？"梨花头女子白了东方鹤马一眼，一副不屑神色。

"靠！你知道我爸是谁吗？"东方鹤马吸了口气，一字一顿地说："是、东、方、奇！"

他本以为梨花头女子听到自己父亲的姓名后会大吃一惊，没想到对方却只是冷冷地"哦"了一声。

东方鹤马没料到对方反应如此，微微一怔："喂？吓呆了？"

梨花头女子没有再理会他。而臧大牛也接着说道："大家都把领奖信拿出来看一看吧，看看到底谁是那个不请自来的人。"

陈佳茜点了点头，从背包里掏出一封信件，打开让大家查看。那果然便是科龙公司发出的领奖信，除了称呼是"陈佳茜小姐"外，其他内容都跟宋田田收到的那封领奖信完全一致。

接下来，臧大牛、甘土、东方鹤马和梨花头女子也先后把自己的领奖信拿出来。每封领奖信除了称呼不同，其他内容都丝毫无异。其中梨花头女子拿出的那封领奖信，称呼为"戴青水小姐"，看来这个梨花头女子的名字叫戴青水。

当然，她也从其他领奖信中得知了每一个幸运儿的名字。

六人之中，就只有宋田田一个没有把领奖信拿出来。

“你的领奖信呢？”臧大牛向她问道。

“我……我的领奖信放家里了……”宋田田有些怯意，“我……我不知道要把领奖信带来呀……”

“放家里了？”臧大牛冷笑一声，“谁能证明呀？”

“我……我……”宋田田有些着急，“我没撒谎呀！我真的收到了领奖信呀！我真的是幸运儿之一呀！”

“眼见为实，现在的情况就是，幸运儿只有五个人，而我们五个都有领奖信。”臧大牛咄咄逼人。

“我真没撒谎呀！要不你们打电话到科龙公司问问吧！”宋田田澄清道。

陈佳茜帮她解围：“我也觉得宋小妹的语气不像撒谎。”

东方鹤马也来帮忙：“就是呀！臧大牛，你敢冤枉我朋友？我回去叫我爸让你好看！”

臧大牛瞪了他一眼，从鼻孔里重重地“哼”了一声。

“可是，”陈佳茜接着说，“如果宋小妹真的有领奖信，那总共就有六封领奖信了呀！幸运儿不是只有五个人吗？”

“这个问题很简单。”戴青水冷然道。

“嗯？”陈佳茜一脸好奇。

戴青水吸了口气，冷冷地说：“因为你们其中一个人的领奖信是伪造的。”

“伪造的？”陈佳茜轻呼。

“是。反正领奖信的内容是打印的，而且没有盖章，要伪造一点也不困难。”戴青水分析道。

“那倒是呀。”陈佳茜点了点头。

“问题是，那个伪造领奖信的人，是怎么知道真正的领奖信的内容的？”东方鹤马提出自己的疑问。

“这个问题也很简单。”戴青水说。

甘土似乎完全没有料到宋田田会突然跟自己说话，"啊"的一声，有些不知所措。只见他定了定神，微微地抬起头，低声道："我是一名体育老师。"

"哈哈，难怪你的身体这么壮。"宋田田笑道。

陈佳茜则问："你是哪个城市的？"

甘土答道："M市，三线城市。"

陈佳茜"哦"的一声，说道："看来幸运儿不仅来自各行各业，还来自全国各地呢。"

"是呀！"宋田田点了点头："臧先生和东方大哥是B市的，陈姐姐是S市的，戴姐姐是T市的，甘大哥是M市的，而我则是HZ市的，说起来，跟我同来的慕容大哥好像是L市的。不过他不是幸运儿，所以他是哪里的没有参考价值，哈哈。"

"好像？"陈佳茜奇道，"你跟他不是朋友吗？"

"其实今天才第一次见面啦！"宋田田说。

"怎么会这样？"陈佳茜更加好奇了，"你们……是网友？"

"也不是啦！怎么说呢？总之说来话长啦！"宋田田笑着说。

"在说谁呀？"戴青水问道。她来到偏厅的时候，慕容思炫已经走进了电梯旁边的走廊，所以她还没见过思炫。

"是一个跟我一起来的朋友啦，他叫慕容思炫。"宋田田解释道。

"哦。"戴青水点了点头，也不再追问了。

2

众人就这样漫无目的地闲聊，不知不觉快到五点半了。这时候，只见东方鹤马从口袋里拿出一台iPhone4S，交给宋田田："田田，帮我以这个阴暗的走廊为背景拍个照片，我发微博。"

"好呀！"

宋田田接过手机。东方鹤马走到电梯旁边的走廊前方，站直了身子，两手环抱胸前，摆出一副冷酷的表情。宋田田拿手机的镜头对准了他。

"一、二、三，茄子！"

"咔嚓"一声，宋田田帮东方鹤马拍下了一张照片。然而当她对着手机屏幕认真去看这张照片拍得如何的时候，竟然发现照片中在东方鹤马身后有一个面目模糊的人影。

"哇！鬼影！"她失声惊呼。

"什么呀？"东方鹤马颤声问。其他人也被宋田田这突如其来的叫声吓了一跳。

宋田田指着东方鹤马："你……你身后……有……"

然而当她看清了东方鹤马身后的黑影时，微微一呆，声音戛然而止，随后扑哧一笑，心中松了口气。原来从走廊里走出来的，并不是什么鬼影，而是慕容思炫。他刚好在扭动脖子的时候被宋田田拍下，所以面目模糊。

"拍到慕容大哥了，但没拍清慕容大哥的脸，有些恐怖，要不要重拍一张？"宋田田向东方鹤马问。

"不用，"东方鹤马一脸坏笑，"我正好放到微博上吓吓我的粉丝。"

宋田田"嗯"的一声，把iPhone4S还给东方鹤马，却无意中看到手机套上印着一张照片，照片上的人正是东方鹤马。看来这是一个特制的手机套。

"咦？这是你啊？"宋田田指了指手机套上的照片，"怎么你以前的皮肤那么白呀？"

"我本来就是这么白的啦！"东方鹤马自鸣得意地说，"不过我刚到马尔代夫玩了两个月，每天在享受阳光与海滩，所以才晒得这么黑。"

"对啦，田田，"他接着说，"那马尔代夫很快就要被海水淹没了，如果你还没去过，赶快去看一看啦！"

宋田田苦笑："出国旅行，费用很昂贵的。"

东方鹤马立即说："要不我请你去吧！你现在不是在放暑假吗？"

"是呀。"

"那就这么说定啦！"东方鹤马一脸兴奋地说，"就下周出发吧！到了那里，我当你的导游，哈哈！"他说到这里，脸上露出一丝淫邪之色。在场的人都看出他对宋田田不怀好意，大概想要借旅行之名，乘虚而入。

宋田田虽然思想单纯，但不是傻瓜，自然知道东方鹤马心怀叵测，而她虽然热情大方，却也不失分寸，不会无缘无故跟一个刚认识没多久的男生去旅行。所以她只是淡淡一笑，答道："我先回去问问我爸妈。"

"不用问啦……"

东方鹤马话没说完，却被一个女子的声音打断。

打断他说话的，不是宋田田，不是陈佳茜，也不是戴青水。

那女声是从摆放在偏厅里那木桌上方的笔记本电脑里传出来的！

3

"各位'科龙二十载感恩送房'活动的幸运儿，首先我代表科龙公司的董事长柳其金先生及科龙公司的全体工作人员，对你们的到来表示热烈的欢迎。

"接下来，我们董事长柳其金先生将和各位幸运儿直接对话，跟大家讲解本次活动的相关事项。

"在各位面前的这台笔记本电脑的桌面上，有一个视频文件，名为'请打开我'。现在，请各位打开这个视频文件吧。"

女声到此结束。这女声的声音有些怪异，似乎是经过变声器处理的。

原来摆放在木桌上的那台笔记本电脑，一直是处于开启状态的，只是电源灯的位置被贴上了贴纸，而显示器也被关闭了，所以在偏厅闲聊了数十分钟的众人没能发现。

此时，众人不约而同地走到木桌前方，望着那台笔记本电脑，不敢轻举妄动。等了一会，笔记本却再也没有任何动静。

"谁过去看看呀？"戴青水问。

"我去！"

东方鹤马自告奋勇，大步向前，来到那笔记本的前方，把手指放到触控板上，轻轻地晃了晃，霎时间屏幕亮起来了。只见电脑正在播放一个音频文件，此时那音频文件还差几分钟就播放完毕了。

东方鹤马查看了一下那个音频文件，回过头来对众人说道："这个音频文件的总长度是三个小时，不过前面两个多小时都没有声音，只有最后几分钟有声音，唔，就是我们刚才听到的那段话。"

陈佳茜微微地吸了口气："看来是科龙公司的工作人员在我们到达断肠城前，在某个时刻打开了这个音频文件，并且算好时间，让刚才那段女声录音在五点半左右播放。"

宋田田点了点头："也就是说，刚才我们在这里聊天的时候，那个音频文件就已经在播放了，只是因为播放的是没有声音的音频，所以我们不知道，我们甚至没发现笔记本是开着的。"

她接着转头望向甘土："甘大哥，你是第一个到达的吧？你是几点来到的？"

甘土想了想，说道："来到这座偏厅是四点左右吧。"

"当时偏厅有其他人吗？"

"没有。"

"嗯，也就是说，科龙公司的人员在四点前就打开了这个音频文件，并且离开了。"宋田田推测。

"为什么要煞费苦心地做这种事，却不出来跟我们见面？"戴青水提出疑问。

久未发言的臧大牛也"哼"了一声："就是呀！故弄玄虚！"

"先看看那个视频吧。"陈佳茜说，"东方小哥，麻烦你啦。"

"好。"

东方鹤马继续查看笔记本，果然看到在桌面上有一个被命名为"请打开我"的视频文件。东方鹤马把光标移动到视频文件上，用食指双击触控板，视频打开了，霎时间出现在众人眼前的，是一个斑斑白发、满脸皱纹的男子。众人在来断肠城领奖之前，或多或少都搜索过柳其金的资料，因此此时大家都立即认出了视频中的男子便是科龙企业股份有限公司的创始人兼董事长柳其金。

大家屏住呼吸，正要听听视频中的柳其金说些什么，东方鹤马却忽然按下暂停键，让视频暂停播放。

"怎么啦？"宋田田一脸疑惑，"干嘛暂停呀？"

东方鹤马清了清嗓子："你们刚才没听到那音频文件中的工作人员说吗？这个视频，是柳其金跟各位幸运儿直接对话，她说的是幸运儿！"

他说到这里，向慕容思炫瞥了一眼，冷冷地道："这个人根本不是幸运儿，他没资格看这段视频。"

思炫却看也没看东方鹤马一眼，呆呆地望着眼前的空气，怔怔出神，似乎压根儿没有听到东方鹤马在说话。

宋田田怕思炫难堪，连忙说："有什么关系嘛？大家一起看看嘛。"

东方鹤马摇了摇头："要是柳其金说的是一些只能让幸运儿知道的事那怎么办？他知道了，岂不便宜了他？"

这一回，臧大牛竟也赞同处处跟他作对的东方鹤马的做法，一脸冰冷地说："不是幸运儿，本来就不该进来。"他说到这里向宋田田白了一眼，有些不满地说："干嘛要带外人进来呢？"

宋田田不知道怎么回答："我……我……"

陈佳茜来打圆场："我也觉得让慕容小哥看看是没关系的啦。"

东方鹤马坚决不妥协："要不我们六个人投票决定吧？我反对让他看视频……"

他还没说完，思炫忽然大大地打了个哈欠，使劲地扭动了一下脖子，接着转过身，慢悠悠地走开了，自始至终，都没有向东方鹤马瞧上一眼。

4

"好了，继续看吧。"戴青水对东方鹤马说道。

东方鹤马"哦"的一声，让视频恢复播放。只见柳其金对着镜头，用较为沙哑的声音，慢条斯理地说道："各位幸运儿，欢迎来到断肠城参加'科龙二十载感恩送房'活动，我是科龙公司的董事长柳其金。

"各位长途跋涉，远道而来，请恕我有失远迎。希望断肠城能给各位带来舒服安适的感觉。今晚请各位在此留宿一夜，稍后我会为各位安排客房，明天再安排专车把各位送回市区。

"现在，请各位由你们面前的木桌右侧的门口走进去，如果没有走错的话，各位将进入一道走廊，经过走廊后，将来到饭厅。饭厅里有我为各位精心准备的晚餐，请各位尽情享用。

"晚饭以后，我就会到饭厅来跟大家见面。到时我将亲自举行本次活动的终极抽奖及颁奖仪式，敬请期待。"

视频至此结束。六人面面相觑。东方鹤马嘟哝道："完了？"

臧大牛皱眉自语："这样绕来绕去到底有什么意思呢？"

而戴青水却忽然说道："柳先生的右眼很有可能患有慢性结膜炎。"

宋田田奇道："为什么这样说？"

戴青水解释道："他在视频中一边说话，一边频繁地眨眼，而且只眨右眼，短短的一段话，已经眨了五六次眼了。"

她说罢把视频又播放了一遍，这一次众人细心观察，果然看到柳其金在说话的过程中右眼频繁眨眼，大家一边看一边数，最后发现柳其金讲完这段话右眼总共眨了七下。

"靠！管他什么结膜炎呢！他到底想干嘛呀？怎么不早点出来跟我们见面呢？"东方鹤马已经很不耐烦了。

宋田田笑道："或许柳先生想给各位幸运儿制造神秘感吧。别管那么多了，反正肚子饿了，咱们到饭厅吃饭去吧。"

没等东方鹤马答话，她转过身子，对正蹲在偏厅的大门外观察着地板的思炫叫道："慕容大哥，吃饭去啦！"

5

接下来，七人根据柳其金在视频中的提示，走进木桌右侧的门口，经过一道长廊，最后来到饭厅。饭厅里有一张方形的饭桌，大概可以坐下十个人。饭桌上摆放着各种糕点、凉菜和饮料，十分丰盛。

宋田田先坐下来，一脸兴奋地说："好丰富的晚餐呀。今天中午在飞机上没吃饱，现在终于可以好好地吃一顿了。"

思炫、臧大牛、东方鹤马和甘土也先后坐下。而戴青水却在左右张望。陈佳茜问："戴医生，怎么啦？"

"我想先洗个手。"戴青水淡淡地说。

东方鹤马指了指饭厅角落的一扇打开的门："那儿好像是洗手间。"

戴青水走过去一看，那里果然是洗手间。她洗手以后，回到饭厅时，陈佳茜也已经坐下来了。

"戴姐姐，快来吃吧！"宋田田一边啃着蛋糕一边说。

戴青水点了点头，就在她身边坐了下来。接下来，七人一边享用晚餐，一边闲话家常。

"我看百度百科说，科龙公司的董事长柳先生，以前好像是医生。"宋田田说到这里向坐在自己旁侧的戴青水看了一眼，续道，"跟戴姐姐你一样呢。"

戴青水喝了一口红酒，淡淡地说："是吗？"

"是的，"臧大牛冷不防说道，"我派人详细调查过他的背景。"

"哦？"戴青水有些好奇，"说来听听。"

臧大牛喝了一口冷水，清了清嗓子，有条不紊地说起来："那柳其金啊，以前确实是S市第三人民医院的一个医生，唔，具体是一个妇科医生，主要的工作就是帮孕妇接生。当时他在S市是比较有名气的，S市里很多孕妇都到第三人民医院指定找他接生，甚至还有一些外地的孕妇慕名前来。

"在1984年，某一天，有一对外地夫妇来到S市，到第三人民医院找到柳其金。这对夫妇中的丈夫名叫秦珂，妻子则叫毛佳妮。那时候，毛佳妮已经怀孕了几个月，所以秦珂带她来到S市，预约柳其金在毛佳妮生孩子的时候为她接生……"

戴青水听到这里打断了他的话："连病人的名字都查到，你的调查还真仔细呀。"

臧大牛向戴青水瞥了一眼，冷冷地说："能不仔细吗？知己知彼，百战不殆。这什么送房子活动本来就诡异得很，事前必须调查清楚。"

戴青水轻轻地点了点头："你接着说。"

臧大牛咳嗽了两声，续道："本来对于柳其金来说，毛佳妮只是他所接生的无数孕妇的其中一个，不足挂齿。然而天有不测风云，毛佳妮的预产期还没到，胎盘不幸早剥，当她被送到医院时，已出现失血性休克。虽然柳其金尽力救治，但胎儿因为得不到氧气而成了死胎，而毛佳妮也在抢救过程中因为失血过多而死亡。

"就这样，那个叫秦珂的男人，在短短的一个小时内，同时失去了妻子和孩子。虽然事后院方跟他解释这是意外，跟医生无关。可是秦珂却责怪柳其金医术不精，间接害死了自己的妻儿。他还扬言要报复，说要杀死柳其金的妻子和孩子，让他尝尝失去挚爱的滋味……"

宋田田听到这里问道："柳先生有孩子吗？"

"据说当时好像有个三四岁的孩子吧，"臧大牛说，"但也不知道是不是真的。毕竟是二十多年前的事了，调查起来十分困难。不过我查看过最近十年各大报刊对柳其金的采访，从来没有提及他有孩子，只是说他一直和妻子一起生活。"

"不会是本来有个孩子，后来真的被那秦珂杀死了吧？"宋田田用颤抖的声音提出假设。

臧大牛摇了摇头："不知道。不过那件事也让柳其金深受打击。毛佳妮的手术失败后，他就辞职了，弃医从商，并且在1991年的时候创立了科龙企业。"

"那个秦珂说要杀死柳先生的妻子，最后应该没有付诸行动吧？"宋田田说。

"咦，宋小妹，为啥这样说？"陈佳茜问道。

"因为百度百科上说，柳先生的妻子是在2009年病逝的。注意，是病逝，而不是被杀。再说，那秦珂如果真的要报仇，也不会从1984年等到2009年才动手吧。"宋田田分析道。

陈佳茜点了点头："嗯，挺有道理的。宋小妹，你还蛮有侦探头脑的嘛。"

宋田田呵呵一笑，有些洋洋得意。可是臧大牛却冷然说道："不，柳其金的老婆不是病死的。"

"什么？"宋田田皱了皱眉。其他人也向臧大牛望去。

臧大牛微微地吸了口气，一字一顿地说："她是被谋杀的！"

6

众人或多或少吃了一惊。

戴青水秀眉一蹙："你怎么知道的？"

"我派人查过柳其金的背景呀！当然也查过他的老婆。"

臧大牛微微地吸了口气，舔了舔嘴唇，开始叙述他的调查结果。

"柳其金的老婆名叫容念。关于她的事，是我的一个在S市刑警队工作的朋友告诉我的。这座断肠城建好以后，柳其金和容念就一直在此过着与世隔绝的生活，除了每周开车到超市买食物和日用品外，几乎不离开城堡。

"然而在三年前的某个晚上，柳其金发现容念失踪了，在断肠城里到处寻找，最后竟在二层的陈列室里找到了一具疑似容念的尸体！为什么说疑似呢？因为那具尸体的头颅被砍掉了，无法通过容貌辨认身份。

"柳其金马上打电话报警，没多久S市的警察来到现场——我的那位朋友也来了，并且封锁了断肠城。后来经过法医鉴定，柳其金在陈列室里发现的无头女尸，确实是容念。

"当时在容念的尸体旁边还有一把染血的青龙刀。法医断定那把青龙刀的刀锋跟容念脖子上的切口十分吻合。而技术人员后来经过鉴定，也确定在青龙刀上的血是属于容念的。因此警方断定这把青龙刀便是杀死容念的凶器。也就是说，容念的脑袋，就是被这把青龙刀'咔嚓'一声砍下来的……"

"啊？"

甘土正在品尝红酒，听臧大牛说到"被这把青龙刀'咔嚓'一声砍下来"的时候，想象着容念被斩首的情景，吓得轻呼一声，右手一颤，一些红酒洒在了衣服上。

他马上放下酒杯，掏出一包纸巾，抽出几张，使劲地擦拭衣服，然而却没能彻底擦掉，一片红酒渍已留在衣领上。幸好他所穿的T恤是蓝色的，颜色较深，不仔细看，难以发现红酒渍。

戴青水向他瞥了一眼，轻蔑地笑了笑，眼神似乎在说："一个大男人怕成这样？"

东方鹤马则追问："接下来怎样？快说呗！"

臧大牛白了东方鹤马一眼，没有说话。

陈佳茜四处望了望，低声说："我们在这里讨论柳先生的妻子不太好吧？万一被他听到了……"

"怎么会听到？"戴青水说，"你是说他在附近监视我们？"

"嗯。"陈佳茜点了点头。

"没事的。"戴青水望向臧大牛，"臧先生，你接着说。"

臧大牛点了点头，拿起水杯，喝了一口水，接着说道："警方最后得出的结论是：有凶徒潜入断肠城，用青龙刀杀死了容念，斩下了容念的头颅，并且带着头颅逃离。不过警方一直没能逮捕这个杀人凶手，也一直不知道凶手斩下容念的头颅并且带走的目的。"

"那把青龙刀是凶手带进来的，还是本来就在断肠城里的？"

慕容思炫冷不防问道。这是他进入断肠城以后跟众人所说的第一句话。

"本来就是在断肠城里的。"臧大牛答道，"那把青龙刀是柳其金的一个合作伙伴几年前送给他的。据说柳其金很喜欢看《三国演义》，醉心研究书里的人物和情节。刚好那合作伙伴有求于柳其金，于是找人打造了一套三国武将的兵器送给他。那套武器总共有五把，青龙刀呀，丈八蛇矛呀，方天画戟呀，唔，还有两把是什么我忘了。反正柳其金十分喜欢，把那套兵器放在陈列室里。"

戴青水听到这里提出质疑："这种用于欣赏的兵器竟能杀人？"

臧大牛的调查还真深入，连一些细节也了如指掌："是的，那套兵器都是仿照真正的兵器打造的，其中那把青龙刀不仅是用高碳钢锻造的，而且刀杆部分是实心的，应该跟关羽当年所使用的青龙刀差不了多少。五件兵器中，柳其金最喜爱的也正是这把青龙刀。有天他还心血来潮，找人把这青龙刀开刃了，于是，它便成为了一件真正削铁如泥的兵器。"

"可是他却没想到这把青龙刀最后会成为杀死自己妻子的凶器。"戴青水冷冷地说。

"等、等一下！"宋田田插话道，"你们不觉得很奇怪吗？凶手是用本来就放在陈列室的青龙刀来砍掉柳先生的老婆的头颅的。"

"这有什么奇怪吗？"东方鹤马搔了搔脑袋问道。

戴青水帮宋田田解释："宋小妹的意思是，凶手如果本来就打算要砍掉容念的脑袋，应该会自带利器，而不是使用陈列室里的青龙刀。"

"什么意思嘛？"东方鹤马一脸疑惑，"为什么不能用陈列室的青龙刀？"

戴青水想了想，说道："打个比方吧：如果你打算到某个人的家里杀死那个人，你会自己带一把刀去，还是潜入那个人的家以后，才在他家里找一把水果刀干掉他？"

"肯定自己带一把刀去呗。"东方鹤马说。

"为什么？"戴青水问。

"谁知道他家是不是真的有水果刀呀？"东方鹤马答道。

戴青水点了点头："就是这个意思。那个杀死容念的凶手，如果早就打算要砍掉容念的脑袋，那么应该自带利器。因为断肠城的陈列室里有一把开了刃的青龙刀这件事，只是巧合，此前凶手并不知道断肠城里有可以砍下人的脑袋的利器。"

"是这样呀……"东方鹤马总算懂了。

"我觉得有两种可能性吧。"陈佳茜也加入了讨论，"第一，凶手早就计划好在杀死容念后要砍掉她的脑袋，并且凶手早就调查过断肠城，知道断肠城的陈列室里有一把锋利无比的青龙刀。所以凶手没带利器进来，而是借用了陈列室里的青龙刀砍掉容念的脑袋。不过……"

陈佳茜顿了顿，续道："我更偏向于第二种可能性。"

"第二种可能性是什么？"东方鹤马问。

陈佳茜清了清嗓子："那就是，凶手本来根本没想过要砍掉容念的头颅，只是打算杀死她。可是后来因为某种原因，必须砍下容念的头颅，而他（她）也没有带上这样的工具，最后只好借用陈列室里的青龙刀。"

"必须砍下头颅的理由？"东方鹤马皱了皱眉，"会是什么理由呢？难道凶手看到容念后，觉得她很漂亮，所以决定把她的头颅砍下来带回家欣赏？"

"哇！"宋田田叫道，"东方大哥，你的想法好变态呀！"

臧大牛轻轻地咳嗽了两声，说道："听我说完吧。当时柳其金要求警方对这宗案件保密，对外宣称自己的妻子容念是病死的。因为柳其金是地产界的名人，警方为了避免这宗凶案引起群众过度讨论，所以答应了柳其金的请求。之后警方一直暗中调查此案，却终究没有进展。直到现在，那个杀死容念的凶手还在逍遥法外。而凶手砍下容念脑袋的理由，也成为了一个谜。"

思炫向臧大牛看了一眼，轻轻地咬了咬手指，淡淡地问："这就是'斩首城'的由来？"

在臧大牛、思炫和宋田田刚进入断肠城的时候，臧大牛曾经自言自语地说了句："这里就是'斩首城'呀？"当时思炫听到了他说的这句话，一直记在心里。

臧大牛此刻没必要隐瞒众人自己的调查结果了，只见他点了点头，说道："是的，虽然容念被杀的案子没有公开，但一些内部人士却经常讨论，甚至有人传言，容念之所以被杀，是因为断肠城里栖息着一只专门把人斩首的'斩首鬼'。后来更不知道是哪个知情者首先给断肠城起了'斩首城'这样一个名字，接下来这个名字便迅速传开了。然而传播的人对于这宗案件，很多都只知其一不知其二。于是'斩首城'和'斩首鬼'的传说，被大家说得越来越玄了。"

宋田田听到这里打了个冷战，环顾四周，颤声道："在这座城堡里真的住着一只'斩首鬼'？它现在就躲在附近监视着我们吗？"

甘土虽然性格孤僻，沉默寡言，但此刻大概觉得跟众人算是逐渐熟识了，于是也加入了大家的讨论："说起来，我也听我班上的一些女生说过，在S市里有一座'斩首城'，城里住着一只'斩首鬼'，她们甚至还说，已经有几百人被那只'斩首鬼'取下了首级。我当时还认为她们在胡编乱造，现在看来，还真是空穴来风呀。"

陈佳茜苦笑："没想到这个'斩首鬼'的传说竟然传到小学校园，而且还被小学生们进行加工，最后生成了一个'斩首鬼杀死了几百人'的版本，呵呵。"

宋田田也笑了笑："现在的小学生嘛，可成熟了，想象力可丰富了。譬如这个'斩首鬼'的传说呀，我们大人说起来也谈之色变，他们却津津乐道。"

她话音刚落，忽然听到旁边传来"砰"的一下。宋田田"咦"的一声，转头一看，竟然看到坐在自己旁侧的戴青水突然一头栽在饭桌上，一动也不动。

第四章　杀戮的序幕拉开

1

"戴姐姐，你怎么啦？"

宋田田轻轻地摇晃了一下戴青水，但她丝毫没有反应。

臧大牛皱了皱眉："什么事呀？"

"啊？"东方鹤马忽然惊呼了一声。

宋田田吓了一跳，稍微抱怨地说："干嘛突然怪叫呀？东方大哥。"

"这女人……难道……"东方鹤马被自己的想法吓得脸色微变，咽了口唾沫说道，"被毒死了？"

陈佳茜猛然站起来，失声道："啊？你是说饭菜里有毒药？"

慕容思炫从椅子上一跃而起，走到戴青水跟前，探了探她的鼻息，冷冷地道："还有呼吸，没死。"

"那她干嘛突然晕倒了？"臧大牛疑惑地问。

思炫朝满桌的食物和饮料瞥了一眼，斜眉一蹙，淡淡地说："食物里有大量安眠药。"

"安眠药？"臧大牛吃了一惊。

东方鹤马一边轻轻地敲了敲自己的脑袋，一边大大地打了个哈欠，无精打采地说："说起来……我也觉得有些昏昏沉沉……唔……"

他还没说完，忽然"砰"的一声，众人微微一惊，转头一看，竟见甘土倒在地上。

"连甘老师也……"陈佳茜双眉紧锁，使劲地晃了晃脑袋，似乎想要让自己保持清醒。

"靠！谁……谁在食物里放了安眠药……"东方鹤马的声音越来越低，与此同时，眼皮快要垂下来了。

就在这时候，只见思炫忽然举起右手，把五根手指全部塞进嘴里，先压住舌根，再把手指使劲往里面塞，一碰到扁桃体，他便产生了机体反射，刚才吃下去的食物大部分被催吐出来了。

宋田田不解地问道："慕容大哥，你这是干嘛呀？"

思炫擦了擦嘴边的食物残渣，面无表情地答道："催吐，把安眠药吐出来。"

臧大牛一听，想要学着思炫的样子，把手塞进嘴里催吐。然而此刻他体内的安眠药已经发挥作用，他感到全身乏力，连手也举不起来了。

"慕容大哥……我好困……"宋田田已经进入半睡眠状态了，打了个瞌睡，迷迷糊糊地道，"我要睡了……你别走开……"

在此半睡半醒之际，她的脑海中不知为什么重复播放着沈莫邪邮件中的一句话："他（指慕容思炫）是来帮助你的，请你对他百分之百信任。"她不知道为什么食物里会有安眠药，也不知道自己昏迷后会发生什么事，只是希望待会无论发生什么事，思炫都不要离开自己。

思炫吸了口气，定了定神，左手紧紧地挤压着宋田田的胃部之下，右手则轻拍她的背部，想要帮她催吐。然而宋田田使劲地咳嗽了几声，却终究吐不出来。

就在这时候，陈佳茜扶着饭桌走到一把椅子前，一屁股坐下，趴在饭桌上，渐渐地便不动了。

"陈姐姐……陈……"宋田田低声唤道。

"啊！我要离开这儿！"

即将失去意识的东方鹤马，眼见戴青水、甘土和陈佳茜一个接一个地倒下，突然狠狠地咬了咬牙，让自己暂时清醒过来，一跃而起，叫喊着跑出了饭厅。

"他……要去哪……"宋田田问道。

"想要离开断肠城吧。"思炫回答。

"嗯……慕容大哥……我们……怎么办……"宋田田有气无力地问。

"走。"思炫把她扶起来，朝饭厅大门的方向走去。

"带……带我一起走……"臧大牛的眼睛快要睁不开了，但他说话时却仍然带着命令的语气，就像在吩咐下级做事一般。

思炫朝他看了一眼，却见他说完这句话后，眼睛已经完全合上，趴在饭桌上，丝毫不动了。

思炫虽然把刚才吃下去的部分食物连同食物里的安眠药吐出来了，但终究有一些安眠药进入了体内，所以他虽然不至于昏迷，却也感到疲惫不堪，四肢无力。

他和宋田田相互搀扶，走出饭厅，再次来到连接饭厅和偏厅的走廊。走了几步，只看到前方有一个人躺在地上，原来是东方鹤马。看来他逃跑的意念终究敌不过安眠药的作用，他虽然逃离了饭厅，却在走廊里昏迷倒地。

"连东方大哥也……现在只剩下我们两个了……"宋田田低声道。

思炫不语，搀扶着她继续前行。可是还没走出走廊，宋田田的身体却软了下来。思炫低头一看，只见她也合上了眼睛，不省人事。

就在这时候，思炫听到身后传来一阵稍微急促的脚步声，似乎有人正向他快步走来。他皱了皱眉，想要回头，怎知那人已经走到他的背后，用一块手帕捂住了他的鼻子和嘴巴。霎时间，思炫只觉得一阵香气扑鼻而来，那香气之中，还带着一丝甜味。思炫认得这种气味，那是可以让人在数秒内被麻醉的哥罗芳！

"是谁袭击我？"思炫的大脑极速运转，"是刚才在饭厅吃饭的六个人的其中一个，还是另有其人？如果是六人中的一个，那么这个人根本没有服下安眠药，只是在我们面前假装晕倒。会是谁呢？不会是此时和我在一起的宋田田。是就在我身后的东方鹤马？刚才我们经过他身边的时候，他只是假装昏迷？又或者是臧大牛、甘土、戴青水或陈佳茜的其中一个？"

他思考这些问题只用了大概一秒的时间。然而在一秒之后，他便觉得脑袋一阵昏厥，紧接着头晕恶心，最后迅速失去了意识。

2

不知道过了多久，思炫悠悠醒来，睁眼一看，只见自己躺在地上，而宋田田还在自己身旁，双目紧闭，尚在昏迷之中。他吸了口气，站起身子，微微地扭动了一下脖子，环顾四周，发现自己还在连接偏厅和饭厅的走廊里。他又回头一看，果然看到东方鹤马还在离自己不远的地方，横躺在地，一动也不动。

思炫举起右手，看了看戴在手腕上的那支黑色的钢表，现在的时间是晚上十点三十六分。他已经昏迷了将近五个小时。往食物和饮料中投放安眠药使众人昏迷的人到底是谁呢？在大家都昏迷的那段时间又发生了什么事呢？

思炫蹲下身子，轻轻地拍了拍宋田田的脸蛋。宋田田轻轻地"嗯"了一声，但没有睁开眼睛。思炫伸出拇指，稍微使劲地掐压了一下宋田田的人中穴。宋田田这才缓缓地睁开眼睛，一脸茫然："慕容大哥？发生了什么事？"

思炫没有说话，把宋田田扶起。两人走到东方鹤马跟前。思炫朝他瞥了一眼，与此同时，大脑急速运转，竭力回想自己昏迷前经过东方鹤马身边时他的动作和位置。因为如果东方鹤马此时的动作或位置跟之前的有异，便可说明当时东方鹤马是假装昏迷，其后他悄悄站起来，来到思炫身后，用沾有哥罗芳的手帕使思炫昏迷，最后躺下再次假装晕倒。不过根据思炫的回忆，此刻东方鹤马的动作和位置，跟思炫昏迷前所见的一模一样。

接下来思炫蹲下身子，拍了拍东方鹤马的脸蛋。东方鹤马迷迷糊糊地"嗯"了一声，慢悠悠地睁开眼睛："干嘛呀？"

思炫见他醒来，便不再理会他，径自走向饭厅。东方鹤马稍微吃力地站起来。宋田田也赶上来。两人紧跟在思炫身后。

　　回到饭厅，只见甘土躺在地上，而戴青水和陈佳茜则趴在饭桌上，三人的位置及动作都跟思炫离开饭厅前所见到的基本一样。思炫斜眉一蹙，心想："可能性之一：投放安眠药的人在幸运儿之中，这个人十分小心谨慎，默记自己假装昏迷时的动作及所处的位置，在袭击我以后，再按这个动作继续假装昏迷；可能性之二：投放安眠药的人不在幸运儿当中。"他思考了几秒，接着喃喃自语："可能性之一的概率约为百分之八十，可能性之二的概率仅为百分之二十。"

　　紧接着，思炫、宋田田和东方鹤马三人先后把戴青水和陈佳茜唤醒。戴青水昏迷的程度较浅，宋田田轻轻地拍了拍她的肩膀便把她唤醒了。陈佳茜昏迷的程度则比较深，思炫重重地掐压她的人中穴也没有效果，最后思炫脱掉她的鞋子，推搓她脚底的涌泉穴，才把她唤醒。

　　至于甘土，却怎么叫也叫不醒，甚至使劲掐压他的人中穴、涌泉穴和合谷穴，他都没有丝毫反应，最后思炫拿起饭桌上的一杯冷水泼到他的脸上，强烈刺激他的触觉神经细胞，才终于把他叫醒。

　　众人都清醒过来后，思炫寻思："东方鹤马、戴青水、陈佳茜和甘土四人从昏迷到清醒的过程，都不像是假装的。如果袭击我的人真的在这四人当中，那么他（她）在袭击我以后，很有可能自己也服下了一定量的安眠药，假戏真做，以免露出破绽。如果袭击我的人不在这四个人之中，那么就是……"

　　"刚才到底发生了什么事啊？"东方鹤马的叫嚷声打断了思炫的思路。

　　"慕容大哥当时不是说了吗？食物里有安眠药。"宋田田说道。

　　戴青水秀眉一蹙，冷冷地说："谁投放的安眠药？柳其金？"

　　"靠！那老鬼到底想干嘛？"东方鹤马恨恨地说，"看来他不是真的要给我们发什么奖金奖品！这混蛋！回家以后我叫我爸找人干掉他！"

　　"等一下！"陈佳茜四处望了望，"臧先生呢？"

五人听她这么一说，东张西望，果然臧大牛此刻并不在饭厅里。

　　"我记得我和慕容大哥离开饭厅前，他还在饭厅里呀，"宋田田一边回忆一边说道，"唔，他当时好像还叫我们带他走，但还没说完，就晕过去了。"

　　"难道他只是假装昏迷？"戴青水的语气没有丝毫起伏，"投放安眠药的人就是他？他现在躲起来了？"

　　"切！原来是臧大牛那条狗干的？"东方鹤马怒道，"竟敢暗算我？他活得不耐烦了？如果我把这事告诉我爸，他以后就不用在B市混了！"

　　"我们四处看看吧。"思炫冷不防说道。

　　大家对于安眠药之事都毫无头绪，均赞同思炫的建议。众人离开饭厅，经过走廊，回到偏厅，却看到那摆放笔记本电脑的木桌上多了一张纸。众人走过去一看，那竟是一张平面图，最下方写着一行字——"断肠城一层平面图"。

　　众人粗略地查看这张平面图，果然把玄关、大厅、偏厅、客房、饭厅等断肠城一层的各个位置都标示出来了。其中，客房所在的位置，就位于众人现在身处的偏厅旁边的走廊里——就是数小时前众人在偏厅等候时思炫所进入的那道走廊。

　　那道走廊位于偏厅的左边，走廊的入口旁边有一座电梯，此时电梯门上贴着一张打印着"维修中"三字的A4纸。

　　而根据平面图所示，那道走廊里有十二个房间，左边六个，右边六个，房间两两相对。

　　左侧的六个房间分别标示着"一号客房"、"二号客房"、"三号客房"、"四号客房"、"五号客房"和"六号客房"，其中位于走廊尽头处的是一号客房，往后依次是二号客房、三号客房、四号客房和五号客房，最后位于走廊入口处的便是六号客房。

　　至于右侧的房间，位于走廊尽头处的那个跟一号客房相对的便是七号客房，其后依次是八号客房、九号客房、十号客房和十一号客房，而位于走廊入口处、跟左边的六号客房相对的那个房间，所标示的却并非"十二号客房"，而是"书房"两字。

而最令众人感到惊奇的是，在平面图上标示着"一号客房"的那个房间，在"一号客房"四字的旁边，还写着另外三个字——"臧大牛"。

3

"这是什么意思嘛？"

宋田田皱了皱眉，指了指平面图上的"臧大牛"三字，接着说道："难道此刻臧先生就在这个一号客房里？"

"我们去看看吧。"陈佳茜说道。

于是众人走进偏厅左侧的那道走廊里，甘土和东方鹤马走在最前面，戴青水、陈佳茜和宋田田走在中间，思炫则低着头跟在后面。

走廊里每间客房的大门上都挂着一个标示着房号的木牌，所标示的房号跟平面图上的完全一致。此外，几乎每个客房的房门均处于关闭状态。但当众人走到走廊尽头时，却看到左边的那间挂着"一号客房"木牌的房间的房门是虚掩的。房间里的灯是开着的，灯光透过门缝射到走廊上来。

东方鹤马对着一号客房的房门骂道："喂！臧大牛！给本少爷滚出来！竟敢用安眠药暗算我？你想想回去以后怎样跟我爸解释吧！哼！"

客房内无人应答。戴青水皱了皱眉："开门看看。"

这走廊里的房间的开门方式全部是由外向里推的，关门时则是从里向外拉。此时只见东方鹤马提起右脚，使劲地把一号客房的房门踹开，往房内瞥了一眼，"咦"的一声，揉了揉眼睛，定神一看，看清了房内的景象，吓得失声大叫："啊？这……这是啥呀？我的妈呀！"

众人立即跑上来一看，霎时间都明白东方鹤马为什么会大惊失色了。

因为，在一号客房的大床中央坐着一个没有头的人！

那看上去是一个男人，身上穿着灰白色的长袖衬衣，腿上则穿着黑色的西裤。他依靠着墙壁，盘膝而坐，两手捧着一台iPad，置于腹部前方。这是一个十分寻常的动作，若非他的头颅不知去向，众人一时之间还真无法判断他是否已经死亡。

甘土吓得脸色惨白，全身颤抖；陈佳茜则目瞪口呆，说不出话；宋田田两手捂嘴，一脸诧异；只有戴青水比较冷静，淡淡地说："那是臧大牛的衣服。"

这时候思炫也已走到门前，轻轻地把众人推开，径自走进一号客房。宋田田在后面叫道："慕容大哥，小心点儿！"思炫却没有理会。

"是谁干掉了臧大牛呀？"东方鹤马回过神来，颤声问道。

"难……难道是……'斩首鬼'？"甘土使劲地咽了口唾沫，"传言是真的！断肠城里真的住着一只专斩人头的'斩首鬼'！"

戴青水"哼"了一声："白痴，这么无稽的谣言你也相信？你三岁智商啊？"

"不管是人还是鬼，我想这杀人凶手应该还在附近。"陈佳茜两手环抱胸前，四处张望，"此刻他（她）会不会就在附近监视着我们？"

众人议论纷纷，而宋田田却目光游离，怔怔出神，似乎正在思考什么重要的问题。

而在众人讨论的过程中，思炫已走到那具疑似臧大牛的无头男尸跟前，轻轻按下男尸捧在手上的那台iPad的Home键，只见屏幕中打开了一个视频，视频中出现了柳其金正对着镜头的样子。此刻视频处于暂停状态。

思炫按下播放键，视频继续播放，只听柳其金用近乎嘶哑的声音说道："各位幸运儿，这是我送给大家的第一份礼物，喜欢吗？接下来的第二份礼物会是什么呢？敬请期待啊。"

众人在房外忽然听到柳其金的声音，均感惊奇不已。戴青水走进客房了解情况，东方鹤马紧随其后。甘土、陈佳茜和宋田田你看看我，我看看你，最终还是鼓起勇气，一起走进了一号客房。

戴青水指了指男尸手上的iPad，对思炫道："再播放一遍。"

思炫打了个哈欠，再次播放视频。众人屏住呼吸，凝神观看。

"各位幸运儿，这是我送给大家的第一份礼物，喜欢吗？接下来的第二份礼物会是什么呢？敬请期待啊。"

视频播放完毕后，陈佳茜喃喃自语："送给我们的礼物？是指臧先生的尸体吗？难道杀人凶手是柳先生？"

戴青水则双眉一蹙，说道："柳其金这次并没有眨右眼，一次也没有，难道他并没有患慢性结膜炎？"

思炫"咦"的一声，朝戴青水瞄了一眼，木然问道："慢性结膜炎？"

戴青水却也没有回答，微微地吸了口气，又说："柳其金说这是第一份礼物，接下来还有第二份？第二份礼物会是什么？还有人会被杀？"

"难道……"陈佳茜舔了舔嘴唇，"所谓的送房子活动自始至终就是一个大骗局？科龙公司的董事长柳其金把我们请来，并不是要举办什么抽奖活动，而是为了把我们逐一杀掉？"

"妈的！这老鬼想把我们赶尽杀绝？"东方鹤马又惊又怒，"他不知道我爸是谁吗？他敢动我一根头发，我爸会让他死十次！"

戴青水完全无视东方鹤马，清了清嗓子，说道："杀人也就罢了，可是杀人后为什么要砍掉头颅？是模仿流传于断肠城的'斩首鬼'传说，还是有非这样做不可的理由？"

"'斩首鬼'……'斩首鬼'……"甘土低声重复着，脸上交织着恐惧和绝望。

"你们看看……"宋田田忽然指了指无头男尸，"臧先生好像坐着一张报纸。"

众人朝宋田田所指的方向望去，果然看到这具无头男尸的臀部下方压着一张报纸，露出了一角。

思炫把报纸抽出来，发现在报纸里还夹着一张照片。照片的内容是臧大牛跟一位四十来岁的男子在握手，背景似乎是在某家西餐厅或咖啡馆里。

思炫再去查看那张报纸，那是一张《B日报》，报纸的日期是2008年9月17日，距今已经四年多。其中一则新闻报道用红笔圈住。这则新闻的全文如下：

青溪村发生大规模群体事件

昨日下午，B市青溪村发生村民封堵公路和铁路、与警方冲突的群体事件。

青溪村位于B市以东两千多公里的山区，村里有常住居民三百多人。据悉，三天前某开发商在没有征得村民同意的情况下，带领施工队进村挖山砍树，发展开发区，因此遭到村民强烈反对。次日，村民到当地市政府状告开发商，却没能引起政府的重视，于是在政府门外静坐抗议，最后有七名村民被警方拘留。

村民被拘事件成为本次群体事件的导火线。昨日下午两时许，村民们到当地派出所要求警方释放被拘留的村民，遭警方拒绝后，数十名村民驾驶农用四轮车占据了青溪村附近的公路和铁路。到下午四时半，公路上已有五十多台农用四轮车，交通被严重阻断，公安干警和武警与阻路村民形成对峙。

下午五时许，市政府派出一百多名防暴警察和十多台武装防暴车辆到现场驱散阻路村民。其后，警方调来三辆消防车，试图用高压水枪把村民驱散。此举引发村民情绪激动，村民们冲破了警方的防线，砸坏了三台防暴车和一台消防车，甚至对防暴警察发动攻击。为了尽快控制事态，警方向暴动村民释放催泪瓦斯，但效果并不明显，现场一片混乱。

直到当天晚上八时许，事态才基本得到控制。九时三十分，警方对聚集人群进行清场，为首滋事的三十多名违法犯罪嫌疑人被强制带离现场。十时许，清场结束，聚集人群散去，事件告一段落。

在整个冲突过程中，有三名村民死亡，两名村民重伤，十多名村民轻伤。

思炫用了数秒的时间快速读完这则新闻，便把报纸扔给戴青水，让其他人一起翻看，而他则去细细端详那张夹在报纸中的照片。他把照片翻过来，只见照片的背面贴着一张纸条，纸条上打印了一句话："臧大牛与青溪村开发计划负责人于咖啡馆内洽谈。"

不一会众人都读完报纸上的这则新闻了。陈佳茜皱眉问道："这则新闻是什么意思呀？跟臧先生的死有关？"

"应该有关，"戴青水点了点头，"而且关系很大。"

"是这样的，"思炫把手上的照片也丢给众人，用毫无抑扬顿挫的声音说道，"报纸中说，村民们到B市的市政府状告开发商，没能引起政府的重视，于是在政府门外静坐抗议，最后有七名村民被警方拘留。我的推测是，当时代表政府跟村民接洽的政府官员，便是臧大牛。"

"哦？"众人微微一怔。

思炫扭动了一下脖子，接着说道："那张照片是想告诉我们，臧大牛收取了那些到青溪村破坏的开发商的利益，官商勾结，双方达成了合作关系。所以，当村民们到政府状告那些开发商的时候，臧大牛不仅没有对村民们出手相助，甚至拘留了几个带头反对开发商那发展开发区计划的村民。而这正是发生群体事件的导火线。所以……"

思炫舔了舔右手的大拇指，最后说出结论："臧大牛可以说是那次大规模群体事件爆发的元凶。也就是说，最后死亡的那三名村民，是被臧大牛间接害死的。"

"我明白了！"陈佳茜稍微提高声音，"你的意思是，杀死臧先生的凶手，是当时那三名在冲突中死亡的村民的亲人？他（她）为了报仇，所以潜入断肠城，杀害了臧先生？"

思炫不置可否。宋田田则点头说道："很有可能呀！"

"你们说那么多干嘛呀？"东方鹤马气冲冲地说，"让警察来处理不就好了吗？我们快离开这里吧！"

陈佳茜这次倒赞同东方鹤马的意见："嗯，我也觉得此地不宜久留。"

"那我们快走吧。"宋田田说，"戴姐姐，甘大哥，你们觉得呢？"

甘土早就想逃之夭夭了，只是怕碰上"斩首鬼"，不敢跟众人分散，独自逃离，此刻听宋田田询问自己的意见，连连点头："你们说得对，咱们快走吧！"

戴青水则冷冷一笑，低声说道："我想呀，现在要逃恐怕已经不那么容易了。"

4

一行六人离开偏厅，按进来时的道路来到玄关，远远看到断肠城的大门就在前方。

东方鹤马快步上前，来到城门前方，抓住门把手使劲地往后拉，想要把城门打开，然而城门却纹丝不动。

"靠！怎么开不了呀？"东方鹤马骂道。

其他人也陆续走到城门前。思炫朝门把手瞥了一眼，淡淡地说："门上锁了，没有钥匙的话，开不了。"

"什么？"东方鹤马失声道，"上、上锁了？怎么会？"

宋田田也一脸惶恐："那我们怎么办呀？要怎样才能离开这里呀？"

"我们打电话报警吧！"陈佳茜说，"警察到达以后，大概有办法把城门弄开吧。"

"对对对！"东方鹤马连忙把手伸进口袋掏手机，怎知却摸了个空。

"咦？我的手机呢？"

"怎么啦？"陈佳茜问。

"我的手机不见了！"东方鹤马又惊又怒，"谁拿了我的手机？"

陈佳茜"咦"的一声，摸了摸自己的口袋，讶然道："我的手机也不见了！"

"我的也是！"宋田田接着说。

"我……我也是……"甘土颤声道。

"喂？"东方鹤马朝戴青水喊道，"你的手机呢？还在吗？"

戴青水冷笑："能问一些有点儿技术含量的问题吗？"

思炫抓了抓那杂乱不堪的头发，一脸呆滞地说："在我们昏迷的那段时间，我们的手机全被拿走了。"

"是谁干的？"东方鹤马大叫。

戴青水不屑地说："别再问这种白痴的问题好不好？当然是往食物里投放安眠药的那个人。"

思炫打了个哈欠，补充道："即杀死了臧大牛的'斩首鬼'。"

陈佳茜打了个冷战："这么说，我们被困在这座断肠城里了？"

思炫点了点头："是的，我们和'斩首鬼'一起被困在这座与世隔绝的'斩首城'里了。"

"完了！"甘土绝望地说，"我们都会被'斩首鬼'杀死的……我为什么要到这儿来呀？完了……完了……"

"我觉得呀，"陈佳茜说，"我们有六个人，而'斩首鬼'只有一个人，只要我们六个人待在一起，'斩首鬼'就无法对付我们了。"

"对呀！"宋田田十分赞同陈佳茜的话，"我们决不能分开行动。可是……"

她想了想，接着又说："哪怕我们能逃过'斩首鬼'的追杀，但被困在这里，也终究会饿死呀。"

"这层你倒不必担心。"戴青水淡淡地说："你们的家人都知道你们到断肠城来这件事吧？如果你们几天后都没回去，他们又联系不到你们，自然会到这儿来找你们。"

"对！"东方鹤马朗声道，"竟然敢把本少爷困在这里？等我爸来了，我叫他把这座他妈的城堡夷为平地！"

在众人讨论得如火如荼的时候，思炫却独自在研究着断肠城一层的平面图。这时候只听他冷不防说道："现在是晚上十一点二十五分。今晚应该没人来救我们。所以，今晚我们要留在断肠城里。"

宋田田打了个寒战："那'斩首鬼'今晚一定会想方设法对付我们。"

"不如我们回客房那边吧。"陈佳茜提议道，"那里至少有让我们休息的地方。而且，只要我们随便找一个客房，待在里面，把房门上锁，那'斩首鬼'就进不来了。"

"我赞成！"东方鹤马首先表态。

宋田田也点了点头："我也赞成。"

其他人也没有反对。于是众人离开断肠城的大门，重返偏厅。刚才众人从偏厅走向城门的时候，恨不得马上离开断肠城，不约而同地步伐匆匆，一口气来到城门前方；而此时从城门回到偏厅，却都心有灵犀地放慢了步子，步步为营，特别是每次拐弯的时候，总是小心翼翼，似乎觉得那凶残恐怖的杀人魔"斩首鬼"就在附近，随时都会出现一般。

5

不一会众人回到偏厅，再次走进偏厅左侧的那道走廊。

"我们躲在哪个房间比较好呢？"甘土战战兢兢地问道。

"这个六号房间怎么样？"陈佳茜指了指走廊左侧的第一个房间，"这里离臧先生被杀的房间比较远。"

"好！就这儿！"东方鹤马走到六号客房的门前，伸手扭动门把手，然而却无法把房门打开，"切！又上锁了！"

"看来我们的一切行动都在那'斩首鬼'的计算之中呀。"戴青水喃喃说道。

而思炫则不理会众人，径自走向走廊尽头。

"你去哪呀？慕容大哥。"宋田田在后面问道。

"一号房。"思炫没有回头，冷冷地回答。

"一、一号房？"宋田田叫了出来，"臧先生的尸体不是在那里吗？我们怎么能待在那个房间里？"

"我们已陷入'斩首鬼'的杀局中。"思炫冷然道，"进攻是最好的防守。对于我们来说，寻找线索，揪出'斩首鬼'，才是最安全的做法。"

"这话挺靠谱。"戴青水嘴角一扬，轻轻一笑，紧随思炫而去。

"我们也去看看吧。"陈佳茜对其他人说。

于是众人再次来到一号客房的门前。但只有思炫、戴青水和东方鹤马三人走进房间，查看床上的无头男尸，陈佳茜、甘土和宋田田则在门外等候。

"到底是谁杀死了臧大牛呢？"东方鹤马问道。

戴青水微微地舔了舔上唇，有条不紊地说道："有两个可能性：一、是柳其金，他就是'斩首鬼'，他举办送房子活动，就是为了把我们这些'幸运儿'聚集到断肠城里，再逐一加以杀害；二、是此刻隐藏于断肠城内的某个人，这个人在我们到达断肠城前已经来到这里，强迫柳其金拍下那两段视频，并且很有可能已经杀死了柳其金，把尸体安放于断肠城的某个地方。"

思炫一边听戴青水分析，一边从口袋里掏出一筒曼妥思抛光糖，一颗接一颗地往嘴里塞，等戴青水说完，他一边咀嚼着糖果一边补充道："还有另外两个可能：三、'斩首鬼'是臧大牛，现在在我们面前的这具无头尸体并非臧大牛，只是被换上了臧大牛的衣服而已，而臧大牛本人则潜伏在暗处，监视着我们；四、'斩首鬼'是我们六个人——慕容思炫、戴青水、东方鹤马、宋田田、陈佳茜、甘土——的其中一个。"

他最后那句话刚说完，众人骇然失色。东方鹤马首先叫了出来："不、不会吧？你是说'斩首鬼'在我们六个人当中？"

思炫朝他瞥了一眼，说道："这是可能性之一。不过我认为，这种可能性很高，其为事实的概率约为百分之八十五。"

戴青水对思炫笑了笑："你头脑不错嘛。"思炫对于这个冷美人的赞美却视若无睹。

"不管怎样，只要我们六个人待在一起就比较安全了。"宋田田望向陈佳茜，问道，"对吧？陈姐姐。"

没想到陈佳茜却摇了摇头："我现在倒不这么认为呢。刚才我没想到'斩首鬼'在我们六个人当中这种可能，所以提议大家待在一起。但现在……虽然说哪怕'斩首鬼'真的在我们当中，他（她）也是以一敌五，或许对付不了我们。但我总觉得跟这样一个杀人不眨眼的凶手待在一起是一件非常危险的事啊！唉，我也不知道要怎么办了。"

"哼！我才不要跟杀人魔待在一起呢！"

东方鹤马说罢，快步走出一号客房，推开挡在门前的陈佳茜、宋田田和甘土，跑到走廊的入口附近。位于走廊入口处左侧的六号客房他刚才已经尝试过打开，然而却失败了。所以此时只见他使劲地扭动六号客房旁边的五号客房的门把手，但还是不成功。于是他转过身子，又尝试打开位于走廊右侧、跟五号客房相对的十一号客房的房门。只听"咔嚓"一声，十一号客房的房门竟然被打开了。东方鹤马大概也没料到这个房间没有上锁，见房门被打开，由不得微微一怔。

紧接着他朝十一号客房看了一眼，只见房间摆设简单，只有一张床、一张木桌和两把椅子，一目了然，并没有可以藏人的衣柜等家具，而且此时房间里空无一人。东方鹤马稍微定了定神，吸了口气，回头对还站在一号客房前方的众人大声说："我现在就到这房间里休息。在我爸或警察来到断肠城之前，我绝对不会出来！你们谁也不要来找我，谁也不要接近我的房间！谁敢接近我，我跟他（她）拼命！"

没等众人回答，他已走进十一号客房，并且"砰"的一声，重重地把房门给关上了。

1

片刻的沉默后，宋田田问道："那我们现在该怎么办？"

甘土战战兢兢地说："我……我也先回房休息了。明天有人来救我们的时候，你们再来叫我吧。"

没等众人答话，他已快步走到走廊左侧的三号客房前方，扭动门把手，然而三号房的门上锁了，于是他转过身子，走到位于走廊右侧的、三号客房对面的九号客房的前面，顺利把房门打开了。他朝房间看了一眼，房内没有人，于是转头对众人道："各位，要离开断肠城的时候，一定要来叫上我啊，拜托了。"

"好的。"陈佳茜答道。

甘土"嗯"的一声，点了点头，转身走进了九号客房，并且关上了房门。

这时慕容思炫和戴青水也已走出一号客房，回到陈佳茜和宋田田跟前。戴青水冷笑道："男人们还真窝囊啊，一个死了，两个吓得躲起来了。"说到这里，向思炫看了一眼，轻轻一笑，调侃道："现在就只剩下你一个啰。"

思炫大大地打了个哈欠，没有说话。

"慕容大哥，我们现在要怎么办呀？"宋田田问，"要待在一起吗？"

"没必要，"思炫还没回答，戴青水看了看思炫，淡淡地说道，"我刚才思考了一下你的推理，觉得还真有点儿道理，'斩首鬼'确实很有可能就在我们六个当中。现在躲在房里的那两个窝囊的男人，看起来也没胆量杀人。所以……"

戴青水说到这里顿了顿，以极快的速度向思炫、陈佳茜和宋田田扫了一眼，一字一字地说："我认为，'斩首鬼'就是你们三个的其中一个。"

"啊?"宋田田惊呼一声。陈佳茜也骇然失色。只有思炫面不改色。

宋田田接着说:"怎么会呢?慕容大哥和陈姐姐都不可能是'斩首鬼'呀!我当然也不可能!"

"宋小妹,"戴青水冷冷地反问,"你凭什么这样肯定?"

"因为……因为……"宋田田有点儿语塞,"反正是不可能啦!"

戴青水吸了口气:"好了,我也不跟你们废话了。就这样吧。"

她说罢,来到甘土所在的九号房和东方鹤马所在的十一号房中间的十号客房前方,扭动门把手,把门打开,走了进去。

"戴姐姐,我们……"宋田田还没说完,戴青水已把房门关上。

现在走廊上只剩下慕容思炫、宋田田和陈佳茜三个人了。至于走廊里的房间,疑似藏大牛的无头男尸在一号房,甘土在九号房,戴青水在十号房,东方鹤马在十一号房,空置的房间就只剩下走廊左侧的二号房、三号房、四号房、五号房、六号房,还有走廊右侧的七号房、八号房以及书房了。

"陈姐姐,我和你,还有慕容大哥,我们三个待在同一个房间里吧。"宋田田提出建议。

但陈佳茜却有些犹豫:"唔,这样呀……"思考了一会,终于说道:"我看……还是各自休息吧。"

"那好吧。"宋田田叹了口气。陈佳茜说要各自休息,自然是怀疑宋田田或慕容思炫是"斩首鬼",不敢跟他们共处一室。对于陈佳茜的怀疑,宋田田有些失望。

接下来,陈佳茜走到戴青水所在的十号房对面的四号房的门前,扭动门把手,却发现四号房的房门是上锁的。

刚才东方鹤马已先后尝试过把六号房及五号房的房门打开,却都没能成功;甘土也试过把三号房的房门打开,也失败了;现在陈佳茜发现原来四号房也是开不了的。

宋田田见状,尝试打开二号客房的房门,还是不成功。她接着又尝试打开七号房和八号房，发现两扇房门都能打开。

也就是说，位于走廊左侧的六个客房，除了位于尽头处的、放着无头男尸的一号客房外，剩下的二号房、三号房、四号房、五号房和六号房，都处于上锁状态，无法进入。

而位于走廊右侧的六个房间，均处于开放状态，可以随意进出。不过，甘土已占用了九号房，戴青水也占用了十号房，东方鹤马则占用了十一号房，而书房大概没有大床可供休息，换句话说，空置的客房，就只剩下七号房和八号房了。

但思炫、宋田田和陈佳茜却有三个人。

"我们有六个人，但却只给我们留下五个可以打开的房间？"陈佳茜喃喃自语，"看来'斩首鬼'是经过计算的，我们的行动都在他（她）的预料之中。"

在她自言自语的时候，思炫径自走进七号客房，细细端详房门上的门锁。

"慕容大哥，你在看什么？"宋田田问道。

思炫抓了抓头发，面无表情地说："这种构造的门锁，必须要用钥匙才能上锁。如果有钥匙，既可在房内上锁，也可在房外上锁。如果只有一把钥匙的话，在房内上锁后，要用钥匙才能在房内把门打开；而在房外上锁后，也要用钥匙才能把房门打开。要是没有钥匙，哪怕是在房间里，但也无法把房门上锁。"

"是这样的呀？"宋田田想了想，说道，"那东方大哥、甘大哥和戴姐姐，他们虽然待在房间里，但也无法把房门上锁呀！既然无法上锁，那'斩首鬼'就能进去，他们的安全也得不到保障呢。倒不如跟他们说明情况，然后我们六个人都待在一起吧。"

"虽然没有钥匙不能上锁，"思炫接着说，"但在房内有保险链。挂上保险链后，也能防止别人进房。"

"真的可以吗？"宋田田提出疑问。

思炫慢条斯理地走到东方鹤马所在的十一号房前方，扭动门把手，只听"咔嚓"一声，房门果然打开了。

紧接着，房内传来东方鹤马那惊天动地的叫喊声："靠！谁开的门呀？不是叫了不要接近我吗？滚远点儿呀！别惹本少爷！"

思炫无视他的叫骂，把门推开，却听"咔"的一声，门停住了。原来东方鹤马进房后，发现房门无法上锁，只好挂上保险链。现在，房门只能打开一道十厘米左右的空隙，思炫无法进入。

"看，"思炫对宋田田说道，"进不去。"

他话音刚落，只听"砰"的一声巨响，原来是东方鹤马在房内重重地把房门再次关闭。

"嗯，"宋田田点了点头，"这么看来，待在房间里还是比较安全的。"

她想了想，说道："现在就只剩下七号房和八号房了，陈姐姐，我们就同住一个房间吧，把另一个房间让给慕容大哥。"毕竟男女有别，而且三人之间又算不上真正熟识，宋田田如此建议，也是合情合理。

然而陈佳茜没有回答，望着八号房的房门怔怔出神。

"陈姐姐……"宋田田又叫了一声。

但陈佳茜还是没有反应。

宋田田走到陈佳茜身旁，拍了拍她的肩膀："陈姐姐，我在叫你耶。"

陈佳茜这才回过神来："啊？叫我吗？不好意思。唔，怎么啦？"

"我说，现在就剩下两个客房了，我想和你同住一个房间，把另一个让给慕容大哥。你看怎么样？"宋田田把刚才的话重复了一遍。

没想到陈佳茜却不赞成："这样呀……但我想自己住一个房间哦！唔，不好意思啦！"她说罢，没等宋田田回答，已走进八号客房，并且在房内轻轻地房门关上了。

本来陈佳茜给人的感觉是彬彬有礼且善解人意的，就像一个温柔体贴、事事为别人着想的大姐姐。宋田田被众人怀疑她冒充送房活动的幸运儿时，陈佳茜也挺身而出，为她说话。但现在，无头男尸出现，城门被锁，断肠城笼罩着死亡的阴影，人心惶惶，活着的人均处于性命攸关之际，此时此刻，此情此景，陈佳茜也力求自保，顾不上其他人了。

"现在只剩下七号房了。"宋田田心想，"我必须跟慕容大哥待在同一个房间里了。安全吗？慕容大哥绝不会是'斩首鬼'吧？但万一……"

她想到这里，打了个激灵，心中不寒而栗。但她随即又想起沈莫邪邮件中的话："他是来帮助你的，请你对他百分之百信任。"

"好！"宋田田在心里打定了主意，"无论怎样，我必须信任慕容大哥！"

于是她说道："慕容大哥，那我们两个到七号房去吧。"

然而思炫却在翻看着断肠城一层的平面图，没有理会宋田田。

宋田田又朝他叫了一声："慕容大哥呀……"

思炫这才慢慢地抬起头，向宋田田看了一眼，收起平面图，冷冷地说："我们先去书房看看。"

2

两人并肩而行，来到位于走廊入口处、跟走廊左侧的六号房相对的书房前方。

其时已是晚上十一点四十五分。

书房的门并没有上锁。思炫把门打开，和宋田田走了进去。书房不大，而且摆设简单，只有一张书桌、两把椅子和两个大书柜。此外，在正对着房门的墙壁上，挂着一幅油画。

油画中画着三个人，一个站在后面，是一个小男孩，另外两个站在前面，左边的是个年轻男子，右边的则是个妙龄女子，三个人所站的位置，正好组成了一个"众"字。

"过去看看。"思炫指了指那幅油画说道。

宋田田点了点头，和思炫一起走到油画前方，只见油画下方写着关于这幅油画的一些信息。原来这幅油画的名字叫《家》，是已故油画大师季尊天2009年的作品。

"季尊天？"思炫斜眉一蹙。

"这名字好耳熟。"宋田田说。

"是很有名气的油画家，去年死了。"思炫淡淡地说。

"怎么死的？"宋田田问。

思炫朝宋田田看了一眼，一字一顿地说："被杀，还被分尸了。"

宋田田轻呼一声，颤声问："分、分尸？"

"是呀。死于他定居的春泪岛上的一座名叫破碎馆的建筑里。凶手把他的脑袋割了下来，把躯干和四肢砍成十多块，并且用这些血肉模糊的尸块摆成一个圆形，围着他的脑袋……"

宋田田听得连汗毛都竖起来了，两手捂住耳朵，叫道："好恐怖呀！别再说了！"

但她接着又忍不住问道："你为什么这么清楚？你当时也在场？"

"没在。"思炫打了个哈欠，不再说话了。（作者按：关于季尊天的故事可参看《四怪馆的悲歌》。）

接下来两人又来到书桌前方。思炫逐一翻看书桌上的抽屉。宋田田有些不安地说："慕容大哥，这样翻看人家的东西不太好吧？"思炫对此毫不理会。

不一会，思炫在其中一个抽屉里找到一张发黄的黑白照片。照片中有两个男子，年龄均在二十五岁到三十岁之间。其中一个虽然是单眼皮，小眼睛，但却目光炯炯，英气逼人，看样子像是年轻时的柳其金；另一个比柳其金大一两岁，眼梢细长，目光散乱，鼻头微钩，鼻梁上还架着一副眼镜，斯斯文文的样子。照片的背景是S市的电视塔。

思炫把照片翻过来，只见背面写着一行字："1979年秋，与恩人贾浩合照于S市电视塔前。"

宋田田走到思炫身旁问道："慕容大哥，你在看什么呀？"

思炫把照片再次翻过来，指了指照片中的柳其金："这是年轻时的柳其金……"

宋田田讶然："啊？就是科龙公司的董事长柳先生？"

思炫点了点头："如果百度百科的资料没有错，柳其金是1952年出生的，这张照片拍摄于1979年，当时柳其金二十七岁。"

他说到这里，稍微顿了顿，接着又指了指柳其金旁边的男子："这个男人名叫贾浩，对柳其金有过恩惠。"

宋田田"嗯"的一声，问道："说起来，慕容大哥，你认为臧先生的死跟柳先生有关吗？"

"有关，"思炫点头，"但柳其金不是凶手。"

"你知道凶手是谁？"宋田田骇然。

思炫摇头："暂时还不知道。但凶手'斩首鬼'就在六名幸运儿之中的可能性很大。"

宋田田想了想，吞吞吐吐地说道："慕容大哥，我……"

思炫抬起头向她看了一眼，冷冷地问："怎么？"

宋田田嘴唇微动，欲言又止。

思炫没有催促，皱眉不语。

最后宋田田叹了口气，说道："唔，我想问你，你觉得臧先生的死跟那个沈莫邪有关吗？"

"有关，"思炫把那张黑白照片放回抽屉，咬了咬手指，说道，"这个杀人计划就是沈莫邪制定的，'斩首鬼'只是负责执行计划的傀儡。"

"太可怕了！"宋田田感慨道："这沈莫邪都已经死去两年多了，竟然还能操纵别人去杀人。"

"每个人都有弱点，沈莫邪擅于利用人性的弱点，以完成他所制定好的各种杀局。现在这个'斩首鬼'也是这样，因为他（她）本身具备了杀死臧大牛的动机，所以会主动去执行沈莫邪生前留下的杀人计划。"

思炫一边分析，一边继续翻看其它抽屉。忽然，他在另一个抽屉里找到了一个深黑色的骨灰盅。他把骨灰盅拿出来，放在书桌上。宋田田搔了搔脑袋，问道："这是什么？"

"骨灰盅。"

"啊？"宋田田微微一惊，定了定神，又问，"为什么抽屉里会有这种东西？"

思炫没有回答，细细端详这个骨灰盅，发现上面刻着一行字："愿爱女柳思贝得以安息。柳其金，刻于2000年。"

宋田田也看到了这行字，想了想，说道："柳思贝？难道柳先生有个女儿叫柳思贝？"

思炫不置可否，把骨灰盅打开，往里面瞧了瞧。与此同时，宋田田接着又说："在饭厅吃饭的时候，臧先生曾说，在柳先生弃医从商的时候，他好像有个三四岁大的孩子，难道那孩子就是柳思贝？接下来，在2000年的时候，那个认为柳先生间接害死了他的老婆和孩子的秦珂，把柳先生的女儿柳思贝杀死了？"

思炫还是没有说话，把骨灰盅盖好，放回原处，打算继续查看其它抽屉。而宋田田则两手环抱胸前，环顾四周，稍微有些不安地说："慕容大哥，我总觉得这房间怪恐怖的，不如我们走吧。"

思炫"哦"的一声，不再查看书桌上的抽屉了，径自向书房的大门走去。宋田田连忙跟随其后。

3

两人回到走廊尽头。宋田田正想走进右侧的七号客房，思炫却说："再到一号房看看。"

宋田田可不想再看到那具无头尸体了，但更怕一个人留在走廊，只好硬着头皮跟思炫走进一号客房。思炫走到无头男尸跟前，仔细查看了一番，淡淡地说："确实是臧大牛。"

宋田田心不在焉："唔，慕容大哥，看完咱们就快离开吧。"

思炫打了个哈欠："好，睡觉去吧。"

两人走出一号客房，走进了一号客房对面的七号客房。这个房间的格局和其它客房丝毫无异，而摆设也大同小异，有一张床、一张木桌和两把椅子。进房以后，思炫把房门关闭，并且挂上了保险链，随后指了指大床，对宋田田道："你睡那里。"

"那你呢？"宋田田问。

思炫没有回答，走到位于角落的一把椅子前，轻轻一跃，跳到椅子上，并且蹲了下来，接着左手从口袋里掏出一袋水果软糖，放在大腿上，右手则拿出一副比巴掌稍微大一些的铝质独立钻石棋，自个儿玩起来，每"吃"掉一颗棋子，就吃下一颗软糖，大概算是奖励自己。

他的速度极快，不到三十秒，棋盘上就只剩下一颗棋子了，而且那颗棋子刚好位于棋盘正中央，形成了"独粒钻石"的完美局势。他接着又重新开局，一局接着一局，如此玩了几分钟，一大袋软糖便吃光了。于是他又从口袋里掏出几筒曼妥思，继续边玩边吃糖。

宋田田看了一会，觉得实在有些困了，于是上床睡觉。

"我睡着以后，慕容大哥会不会对我有什么不轨的举动呢？应该不会吧？他看样子不像坏人。那'斩首鬼'会不会闯进来呢？慕容大哥会是'斩首鬼'的对手吗？"

她在胡思乱想中逐渐入睡。

4

宋田田是被几下急促的拍门声吵醒的。她吓了一跳，猛然坐起身子，只见慕容思炫仍然蹲在角落的椅子上，盯着房门，一脸木然。

拍门声没有再响起了。房内万籁俱寂。

"慕容大哥，刚才的拍门声是怎么回事呀？"片刻的沉默后，宋田田问道。

"不知道，我刚才也睡着了。"思炫一边说，一边看了看戴在右手上的那块黑色钢表，此时已是凌晨两点三十七分了。从思炫和宋田田回到七号房至今，已经过了将近三个小时。

思炫话语甫毕，便从椅子上跳下来，径自走到房门前，把保险链取下，准备开门一探究竟。宋田田叫了句："小心！"思炫没有理会。

开门一看，房外没有人。宋田田也从床上走下来，来到门前，探头一看，奇怪地道："咦，没人？"

而思炫则发现在门前放着一张纸。他弯下腰，把那张纸捡起来一看，竟然又是一张平面图，平面图的下方写着一行字——"断肠城二层平面图"。

"二层？"

思炫眉毛一蹙，快速地查看这张平面图，只见断肠城二层的布局跟一层几乎一样。只是二层的偏厅跟一层的偏厅所在的位置虽然差不多，但却比一层的偏厅要大得多。而且，位于一层偏厅里的走廊入口处右侧的房间是书房，而位于二层偏厅里的走廊入口处右侧的房间则标示着"陈列室"。此外，在"陈列室"三字旁边，还写着另外三个字，竟然是——"柳其金"！

"这是什么呀？"宋田田问道。

"二层的地图。"思炫一边说一边指了指陈列室的位置，"柳其金在这里。"

"啊？"宋田田失声道，"柳先生？他现在就在这个陈列室里？"

思炫点了点头："臧大牛说，柳其金的老婆容念三年前被杀时，尸体就是在二层的陈列室被发现的。应该就是这个陈列室了。"

"我们要去看看吗？"宋田田问。

思炫"嗯"了一声："是的。"

"要怎么到二层去？"宋田田又问。

思炫拥有过目不忘的能力，虽然只是简单地浏览了一下两张平面图，但此时已把断肠城一层和二层的布局及各房间的位置默记在脑海中。他咬了咬手指，说道："要从一层到二层去有两个方法：一、乘坐偏厅的电梯；二、走楼梯。"

"乘电梯比较快吧？"宋田田说。

"是。"

于是两人离开七号房，快步走出走廊，来到位于走廊入口旁边的电梯前方。宋田田看到电梯门上贴着一张打印着"维修中"三字的A4纸，有些失望："电梯不能使用呀？"

"估计是骗人的。"

思炫说罢，走前一步，按了按上方向的箭头，果然箭头亮了。然而等了几分钟，电梯门却终究没有打开。

"终究还是坏的吧？"宋田田叹了口气。

"没坏，"思炫抓了抓自己那杂乱不堪的头发，淡淡地说，"电梯的轿厢现在停在二层，电梯门被某些东西阻挡着，关不上，所以轿厢无法降下来。"

"那里有人？"

"应该是。"思炫舔了舔左手的大拇指，"你知道刚才拍门的人是谁吗？"

"不知道。"宋田田摇了摇头。

思炫望向宋田田，一字一顿地说："我想，应该就是'斩首鬼'。"

"啊？"

思炫吸了口气，分析起来："'斩首鬼'先把断肠城二层的平面图放在我们所在的七号房的房门外，随后拍门，并且在我们出来前，快速离开走廊，来到电梯前方，乘坐电梯前往断肠城二层。现在，'斩首鬼'大概就在位于二层的电梯轿厢里。"

宋田田朝电梯的大门看了一眼，打了个冷战："太可怕了！"

"我们到二层去看看。"思炫说。

"电梯下不来呀。"

"走楼梯。"

"楼梯在哪？"

思炫舔了舔嘴唇："在断肠城西南方的角落。"

"很远吗？"

"有点远。"

"那快走吧。"

于是，宋田田在思炫的带领下，来到了位于断肠城西南方的楼梯。楼梯所处的位置距离偏厅确实较远，两人从偏厅快步走到楼梯，用了七八分钟的时间。接下来，两人通过楼梯来到断肠城二层，再花了七八分钟的时间，走到二层的偏厅。这个偏厅果然比一层的偏厅要大得多，足有四五百平方，而且大门正对着电梯——这跟一层的偏厅有所不同。

走进偏厅，两人远远看见电梯的大门敞开。在电梯轿厢和二层地面的交接之处放着一把椅子，椅子上坐着一个人，竟然是甘土！此刻甘土双目紧闭，双手下垂，不知道是昏迷了，还是已经死去。

最为恐怖的是，在甘土的身后，即电梯的轿厢里，还站着一个人。此人身穿黑色长袍，头上戴着一个黑色的骷髅头面具，十分诡异恐怖。

如此情景，可真把宋田田吓得花容失色，她指着那个面具怪人，颤声道："那、那是谁呀？"

思炫冷冷地答："很有可能就是杀死了臧大牛的'斩首鬼'。"

他话音刚落，忽然电梯的门自动关闭，但只关了一半，两扇门同时触碰到甘土所坐的椅子，又重新开启。看来思炫刚才的推测是正确的，电梯的轿厢之所以无法下降到一层，是因为二层的电梯门被某些东西阻挡。

突然，那个戴着骷髅头面具的"斩首鬼"一把揪住甘土的头发，使劲一拉，把他连同他所坐的椅子一起拉到电梯的轿厢里。

与此同时，思炫以极快的速度向电梯跑过去。"斩首鬼"见状，也立即在电梯轿厢里按下关门的按键。在思炫距离电梯大概还有十米距离的时候，电梯的门关闭了。思炫和宋田田眼睁睁地看着"斩首鬼"和甘土消失于眼前。

接下来，思炫和宋田田走到电梯前方，思炫按下电梯下方向的箭头，箭头是亮了，但电梯门却过了数十秒也没有打开。思炫分析道："看来'斩首鬼'到了一层后，故技重施，用那把椅子挡着电梯的大门，电梯的门关不了，轿厢上不来。"

"那我们要怎么办？"宋田田问。

思炫脱口说道："再通过楼梯回到一层的偏厅吧。"

5

离开二层的偏厅前，思炫先打开电梯旁边的走廊入口处那陈列室的门，探头一看，发现里面放着青龙刀、蛇矛、长剑等武器，以及一些金银器、玉器、陶器和瓷器等古董，但却没看到柳其金在里面。看来断肠城二层平面图上写在陈列室里的"柳其金"三字，并非事实，只是"斩首鬼"把捡到平面图的人引到二层偏厅，让其目睹"斩首鬼"和甘土进入电梯的诡计而已。

接下来，思炫和宋田田按原路来到位于二层西南方的楼梯，通过楼梯回到一层，再回到一层的偏厅。由于此时发生了事件，甘土生死未卜，情况千钧一发，所以两人几乎是跑回来的，从二层的偏厅回到一层的偏厅，大概只用了十分钟的时间。

回到一层的偏厅后，只见电梯的门敞开，刚才甘土所坐的那把椅子果然就放在轿厢和地面的交接处，致使电梯的门无法关闭。而"斩首鬼"和甘土，此刻却早已不在电梯里了。

思炫快速地向四周的环境扫了一眼，淡淡地说："从'斩首鬼'和甘土进入电梯到现在，大概只过了十分钟，'斩首鬼'带着甘土，在这么短的时间内，是走不远的。我推测他们现在就在走廊的某个房间里。"

宋田田点了点头："我们去看看吧。"

两人走进走廊。思炫首先走到戴青水所在的十号房前，敲了敲门。片刻以后，只听房内的戴青水问道："谁呀？"她的声音有些疲倦，似乎是刚从睡梦中醒过来一般。

"戴姐姐，是我和慕容大哥。"宋田田回答。

"什么事啊？"

"发生了一些事。你先出来。"宋田田说。

过了一会，房门打开了。但戴青水并没有把保险链取下来，所以房门只能打开一道空隙。她透过空隙朝房外的思炫和宋田田瞥了一眼，冷冷地说："发生了什么事啊？"

思炫咬了咬手指："甘土很有可能已经被杀了。"

"什么？"戴青水脸色微变。

思炫还没回答，忽听不远处传来"咔嚓"一声，原来是八号客房的房门打开了，紧接着陈佳茜从房内走出来，她看到思炫和宋田田站在走廊上，一脸疑惑："慕容小哥？宋小妹？怎么啦？"

"我们见到'斩首鬼'了！"宋田田大声说，"甘大哥被'斩首鬼'抓走啦！"

陈佳茜大惊失色："什、什么？"

与此同时，戴青水也先把房门关上，取下保险链，再打开房门，走到房外，向思炫和宋田田问道："详细情况到底是怎样的？"

"待会再说。"

思炫一边说，一边走进戴青水所住的十号房，只见房内并无异样。接着他又走到甘土所住的九号房，扭动门把手，发现房门并没有上锁，开门一看，房内也没有人。其后他又走到陈佳茜所住的八号房前方，开门查看，房内仍然没有异样。最后他来到他和宋田田所住的七号房，把门打开，探头一看，还是没有发现异常情况。

他的举动让陈佳茜和戴青水莫名其妙。只有宋田田心里明白："慕容大哥说'斩首鬼'带着甘大哥走不远，他们从电梯出来后，很有可能在走廊里的某个房间中躲起来，所以慕容大哥要检查每个房间。现在看来，他们并没有躲在七号房、八号房、九号房和十号房内。"

"到底发生了什么事？"戴青水问道。

陈佳茜也接着问："宋小妹，你刚才说你们见到'斩首鬼'是咋回事呀？"

"刚才我和慕容大哥在七号房内，忽然听到房外有人拍门，我们开门一看……"

宋田田讲述刚才的情况的过程中，思炫又走到东方鹤马所住的十一号房前方，拍了拍门。只听东方鹤马在房内叫道："谁呀？"声音之中充满警惕。

宋田田暂时停住讲述刚才的事，对东方鹤马道："东方大哥，'斩首鬼'出现了，甘大哥被抓走了，唔，你先出来，我们商量一下接下来要怎么做。"

东方鹤马像戴青水刚才那样，在不把保险链取下来的情况下打开了房门，透过空隙向走廊上的众人问道："'斩首鬼'出现了？靠！那是谁呀？是柳其金那老鬼吗？"

宋田田摇了摇头："不知道，他（她）戴着面具，我们也没能看到他（她）的样子。"

"太可怕了！"东方鹤马颤声道，"甘土被他干掉了？"

宋田田尚未回答，陈佳茜说道："你先出来吧，我们商量商量。"

"切！你有病呀？"东方鹤马骂道，"'斩首鬼'都现身了，整座断肠城都充满危险，我还出来？喂！甘土该不会是被你们几个人联合干掉的吧？你们现在想对付我？哼！没门！"

宋田田苦笑："东方大哥，你的想象力实在太好了。"

思炫冷不防插入一句："我已经找到打开断肠城大门的方法，我们现在就走，你自己留在房间里吧。"

"什么？你们敢丢下我？"

东方鹤马一边叫嚷，一边关上房门，取下保险链，再把房门打开，从房内跑出来。见他如此轻易就上了思炫的当，陈佳茜和宋田田忍不住莞尔，戴青水则不屑地冷笑。

东方鹤马刚从十一号房走进来，思炫就顺势走进十一号房，查看里面的情况。然而"斩首鬼"和甘土并不在里面。

"我们快走吧！"东方鹤马催促。

众人却不再理会他。戴青水向宋田田看了一眼，说道："好了，人齐了，说说刚才的情况吧。"

宋田田"嗯"的一声，清了清嗓子，把刚才她和思炫听到拍门声，开门后发现断肠城二层的平面图，根据平面图的提示通过楼梯来到二层的偏厅，目睹"斩首鬼"拖着不知是昏迷还是死亡的甘土进入电梯，最后两人又通过楼梯回到一层的偏厅等事，以及慕容思炫的一些推理，一五一十地告知陈佳茜、戴青水和东方鹤马。三人听得瞠目结舌。

"说那么多干嘛呀？"东方鹤马回过神来后，没好气地说，"不是找到打开断肠城大门的方法吗？先离开这儿再说吧！"

"我们暂时还不想离开，你要走就自己先走吧。"戴青水冷冷地说。

"靠！干嘛不想离开？一起走呀！"东方鹤马急了。

"好了！闭嘴吧！"

戴青水吸了口气，接着对众人说道："我赞成慕容思炫的看法，'斩首鬼'和甘土此刻就在走廊的某个房间里。"

于是众人又重新检查了一遍七号房、八号房、九号房、十号房和十一号房，接着也检查了书房，然而每个房间都没有半个人影。

"这么说，'斩首鬼'和甘土有可能在一号房到六号房的其中一个房间中？"

陈佳茜话音刚落，众人都转过身子，把目光转移到走廊左侧的六个客房上。

众人经过检查，发现二号房、三号房、四号房、五号房和六号房跟刚才一样，处于上锁状态，无法开门。最后众人来到发现了疑似臧大牛的无头男尸的一号房前，然而让大家出乎意料的是，刚才并没有上锁的一号房，此时竟然也上锁了，无法打开。也就是说，现在走廊左侧的六个房间全部无法打开。

思炫伸了个懒腰，用毫无抑扬顿挫的声音，慢悠悠地分析起来。

"现在的情况是，'斩首鬼'拖着昏迷或死亡的甘土通过电梯从二层来到一层后，进入走廊，走进了一号房到六号房的其中一个房间里。

"这里的客房的门锁，必须要用钥匙才能上锁。只要有钥匙，既可在房内上锁，也可在房外上锁。假设每个房间只有一把钥匙，那么，如果是在房内上锁，就要用钥匙才能在房内把门打开；而如果是在房外上锁，也要用钥匙才能把房门开启。要是没有钥匙，哪怕是在房间里，那也无法把门上锁。

"也就是说，假设'斩首鬼'和甘土此刻在二号房里，那当时的情况就是：'斩首鬼'带着甘土离开电梯后，来到上锁的二号房前，用钥匙把门打开，和甘土进入二号房，接着用钥匙在房内把房门上锁。至于三号房、四号房、五号房和六号房，则是'斩首鬼'在我们到达断肠城前在房外用钥匙上锁的。而一号房，则是我们刚才各自回房后，'斩首鬼'用钥匙在房外上锁的。

"当然，这是以'斩首鬼'和甘土进入了二号房为前提的。如果他们所进入的是三号房、四号房、五号房或六号房，那么情况也类似。但如果他们所进入的是一号房，那么'斩首鬼'就是在一号房的房内用钥匙把房门上锁的，此时'斩首鬼'、生死未卜的甘土和臧大牛的尸体，还有一号房的钥匙，都在一号房里。

"总之，因为我和宋田田从二层回到一层偏厅的时间只有十分钟左右，这么短的时间，'斩首鬼'不可能带着甘土到离一层偏厅较远的地方，所以，他们此时在一号房到六号房的其中一个房间里的可能性极高，接近百分之一百。"

众人听得连连点头。

思炫接着说："不过，以上推论的前提是'斩首鬼'不在我们这几个人之中。如果'斩首鬼'是我们的其中一个，那当时的情况就是：'斩首鬼'带着甘土离开电梯后，来到一号房到六号房的其中一个房间前，用钥匙把门打开，把甘土拖进房间，其后自己离开房间，在房外把门上锁，再回到自己的房间里，最后看准时机出来跟众人会合。"

众人听得屏住呼吸，甚至不由自主地窥视其他人的表情。只有东方鹤马一脸不耐烦，此刻终于忍不住说道："说完了没有啊？说那么多废话干嘛呀？白痴！不是真的想到打开断肠城大门的方法，就别把本少爷叫出来呀！"他虽然有些愚钝，此刻却也已经明白思炫刚才说要离开断肠城，只是把他引出房间的把戏。

他快速地吸了口气，接着又说："我跟你们说呀，这次呀，在我爸或警察到达前断肠城前，我是真的绝对不会再出来了！你们谁也别靠近我的房间！"说罢，没等众人答话，重返十一号房，并且"砰"的一声把房门关上了。

第六章　第二具尸体 ─────────

1

现在，走廊里又只剩下慕容思炫、宋田田、陈佳茜和戴青水四个人了。

其时是深夜三点三十八分。

"现在我们怎么办？"宋田田问道，"在这儿等吗？还是各自回房间？"

陈佳茜想了想，分析道："现在'斩首鬼'就在一号房到六号房的其中一个房间里，如果我们各自回房，他（她）会在我们回房后逃跑吧？"

戴青水点了点头，淡淡地说："你说得对，所以我们就留在走廊里，半步也别走开，等着他（她）出来。"

陈佳茜赞同戴青水的建议："是呀，反正我们有四个人，'斩首鬼'再凶残，也无法同时对付我们吧。"

宋田田吸了口气："如果'斩首鬼'真的出来了，我们还可以叫东方大哥出来帮忙呢，以五对一。"

戴青水冷笑道："他？你认为他敢出来吗？"

陈佳茜苦笑，向思炫看了一眼，调侃道："所以呀，慕容小哥，这里就只有你一个男生了，如果'斩首鬼'真的出来了，我们就要靠你对付他（她）了。"

在三女讨论的过程中，慕容思炫又拿出了那副迷你独立钻石，蹲在地上，自个儿玩起来，对于她们的讨论，充耳不闻。

众人等了一个多小时。期间宋田田和陈佳茜站得累了，先后在走廊上坐下来，宋田田挨着陈佳茜的肩膀，逐渐睡着了，陈佳茜闭目养神，不一会也进入睡眠之中；戴青水一直靠着走廊的墙壁，两手环抱胸前，低头思索，一言不发；思炫则一局接一局地玩着独立钻石，玩得不亦乐乎。

在这段时间里，走廊里一切如常，没有任何人从一号房到六号房里走出来。

凌晨五点零七分。

陈佳茜的身子忽然颤抖了一下，与此同时，她两眼一睁，醒了过来。宋田田也被惊醒了，揉了揉眼睛，迷迷糊糊地问："怎么啦？"

陈佳茜定了定神，深深地吸了口气："不好意思，我做噩梦，吓醒了。"

戴青水向她瞥了一眼，冷冷地道："梦见'斩首鬼'？"

陈佳茜苦笑："你猜对了。"

宋田田打了个哈欠，问道："那'斩首鬼'有出来吗？"

"废话，"戴青水笑道，"如果出来了，你们还能睡那么久？"

"戴姐姐，你一直没睡吗？"宋田田问。

"是。"戴青水说罢，忍不住轻轻地打了个哈欠。看来她也十分疲倦，只是在如此危险的环境中，强迫自己不能入睡。

"唔，"陈佳茜舔了舔嘴唇，忽然说道，"我……"

"怎么啦，陈姐姐？"宋田田问。

"我想上洗手间。"陈佳茜有些不好意思。

"洗手间？"宋田田搔了搔脑袋，"离这儿最近的洗手间在哪呢？"

思炫冷不防说道："在饭厅。"他说到这里，向戴青水瞥了一眼，续道："吃晚饭前你在饭厅的洗手间洗手了，那个洗手间，就是离这里最近的洗手间。"

戴青水有些好奇地问："你咋知道？"

思炫把断肠城一层的平面图丢给她，一脸木然地说："你自己看看是不是。"

戴青水捡起平面图，快速地查看了一下，说道："嗯，离这儿最近的洗手间确实就是饭厅的那个。"她说罢朝思炫看了一眼，饶有兴致地问："你怎么没看平面图就知道？你把附近的房间所在的位置都记下来了？"

思炫咬了咬手指，目无表情地说："断肠城一层和二层的布局，我全部记下来了。"

戴青水"咦"的一声，随即感慨道："你还真是一个奇人呀。"

"那好吧，我上洗手间去了，你们在这儿等我。"陈佳茜说罢站起身子。

"找个人陪你去吧。"戴青水说。

"为什么？"陈佳茜问。

戴青水冷笑："你不怕碰到'斩首鬼'吗？"

陈佳茜咽了口唾沫，快速地向一号房到六号房扫了一眼，战战兢兢地说："'斩首鬼'不是在这六个房间的其中一个里吗？"

"理论上是。可是，"戴青水稍微顿了顿，一字一字地说，"谁能保证'斩首鬼'只有一个？"

陈佳茜大吃一惊："什么意思？"

宋田田也颤声问："戴姐姐，为什么说有两个'斩首鬼'？"

"我们不能排除这种可能：杀死臧大牛的是第一个'斩首鬼'，而抓走甘土的则是第二个'斩首鬼'。第二个'斩首鬼'现在就在一号房到六号房的其中一个客房里，但第一个'斩首鬼'却不知道在哪呢，有可能就躲在饭厅的洗手间呀。"戴青水分析道。

陈佳茜猛地打了个冷战："太可怕了！"

思炫忽然一跃而起，把那副独立钻石放回口袋，接着一步一步地走到陈佳茜跟前，说道："我和你到厕所去。戴青水和宋田田留守在走廊，如果发生异常情况就大叫。"

众人赞成思炫的提议。于是思炫和陈佳茜走出走廊，离开偏厅，经过另一道长廊，再次来到饭厅。

"你去吧，我在这里等你。"思炫指了指洗手间的门说道。

"好。"陈佳茜匆匆走进洗手间。

思炫伸展了一下四肢，大大地打了一个哈欠，嘴巴还没合起来，只听陈佳茜的声音从洗手间里传出来："慕容小哥，你进来看看。"

思炫"咦"的一声，斜眉一蹙，快步走到洗手间前，问道："怎么？"

陈佳茜指了指洗手间里的镜子："你看看。"

思炫向前一看，只见镜子上贴着另一张"断肠城一层平面图"。跟众人手上的一层平面图所不同的是，这张平面图除了在"一号客房"里写着"臧大牛"三字外，在"三号客房"里竟然也写着一个名字——"甘土"。

此外，在镜子上还贴着一把铜制钥匙。思炫把钥匙取下来一看，只见钥匙上刻着一个"叁"字。

"这是什么呀？"陈佳茜问。

思炫抓了抓杂乱不堪的头发，淡淡地说："很有可能是三号客房的钥匙。"

没等陈佳茜答话，他接着补充："甘土——很有可能是甘土的尸体，此刻应该就在三号房里。"

2

陈佳茜上完洗手间以后，两人匆匆离开饭厅，回到偏厅的走廊里，跟宋田田和戴青水会合。

"回来啦？"宋田田见两人安然无恙地回来，松了口气。

思炫劈头问道："刚才有人从客房里走出来吗？"

宋田田摇了摇头："没有呀，一切正常。"

思炫朝戴青水看了一眼。戴青水会意，点了点头，示意宋田田所说的是事实。

于是思炫径自走到三号客房前方，把刚才贴在饭厅洗手间镜子上的铜制钥匙插进钥匙孔。

"慕容大哥，你这是啥呀？"宋田田好奇地问。

思炫没有理会她。于是陈佳茜代替思炫答道："估计是三号房的钥匙，我们刚才在洗手间里找到的……"

　　她还没说完，只听"咔嚓"一声，思炫真的用那把刻着"叁"字的铜制钥匙把三号客房的房门打开了。

　　"啊？"宋田田轻呼一声，"真的打开了？"

　　陈佳茜使劲地吞了口口水："'斩首鬼'就在里面吗？"

　　戴青水也走过来查看。

　　思炫把门推开，众人探头一看，只见三号客房的格局和摆设与其它客房基本一致，有一张床、一张木桌和两把椅子。

　　此刻，在大床上放着一个酒坛子，一具没有头的尸体被插在那酒坛子里，尸体的双手在酒坛子外，上身外露，下身则被藏在酒坛子中。

　　那尸体的双手还捧着一颗人的头颅。

　　如此情景，诡异无比，恐怖万分，只把众人瞧得骇然失色。

　　"啊——"宋田田反应过来，尖叫一声。

　　陈佳茜的表情也凝固了，不知所措；戴青水虽然不至于大惊失色，却也怔住了，久久说不出话。

　　只有思炫一个人马上就回过神来，走进三号客房，来到大床跟前，细细端详床上的尸体。

　　那具无头尸体身上穿着一件蓝色的T恤，思炫认得这是甘土的衣服。

　　看来这具无头男尸很有可能就是甘土。

　　至于无头男尸手上所捧的那颗头颅，竟然是臧大牛的！

　　"看来这次死的人确实是甘土呀。"戴青水回过神来了，淡淡地说。她大概也认出了甘土的衣服。

　　"而且，臧先生也确实遇害了，"陈佳茜也微微冷静下来，叹了口气，说道，"刚才在一号房里的无头男尸真的是臧先生。"

　　"不过这次有点不寻常，"戴青水双眉一蹙，"'斩首鬼'为什么要把甘土的尸身插在一个酒坛子里呢？"

思炫没有加入讨论，而是在仔细查看这具无头男尸的衣服。他发现无头男尸所穿的这件蓝色T恤光洁干净，几乎没有一点污迹。

接下来，思炫还发现在臧大牛的头颅后方还有一张报纸。他"咦"的一声，把报纸抽出来，霎时间，几张本来夹在报纸里的照片同时掉了下来。

思炫一边蹲下来捡地上的照片，一边快速地浏览报纸。那是一份《M商报》，报纸的日期是2007年6月19日，距今已有五年。报纸上有一则短讯用红笔圈住。这则短讯的内容如下：

　　昨日晚上，本市中心小学六年级的小学生小丽（化名），在家中留下只有"爸爸再见"四字的遗书后，到天台跳楼自杀，当场死亡。其父称，女儿自尽前曾提起过因为家庭作业多而感到压力很大，他认为女儿自尽可能与此有关。

思炫接着又去翻看那几张照片，竟全是一些十一二岁的女孩全身赤裸的照片！每张照片上的女孩都蹲在地上，蜷缩着身体，脸上充满彷徨和恐惧的表情。

"这些是什么？"戴青水此时也走进三号客房，向思炫问道。

思炫一边把那张报纸扔给她，一边继续细细观察那几张照片，突然他发现其中一张照片里，那裸体女孩的身后有一扇玻璃门，玻璃上出现了拍摄这张照片的那个人的镜像。

这个拍下这些小女孩裸体照的人，竟然是甘土！

"用红笔圈住这则短讯是什么意思？"戴青水喃喃自语。

思炫把手上的照片也丢给她，慢悠悠地展开分析："这些照片都是甘土拍的。我推测，甘土曾经性侵犯他班上的女生，而且不止一次，甚至每次都拍照留念。他的行为导致其中一个名叫小丽——那是化名——的女孩跳楼自杀。此事引起了媒体关注。

"从这里开始有两种可能性：可能性一，校方知道小丽自杀的真正原因，为了保护学校的形象，大概和小丽的家长谈好了赔偿问题，并且让小丽的父亲对媒体宣称小丽自杀的原因是学习压力大；可能性二，除了甘土本人外，所有人都不知道小丽自杀的原因。可能性二为事实的概率比较高。

"但不管怎样，总之'斩首鬼'查到了这件事，知道了甘土有性侵犯未成年女学生的犯罪行为，并且因此逼死了一个女孩。"

"这么说，"陈佳茜吸了口气，"'斩首鬼'有可能是那个小丽的爸爸？他杀死甘土，是为了帮小丽报仇？"

"可是，"宋田田皱了皱眉，"'斩首鬼'不是青溪村暴动中死去那三个村民的亲人吗？他（她）不是为了跟亲人报仇而杀死了臧先生吗？"

她想了想，接着又说："难道像戴姐姐刚才推测的那样，总共有两个'斩首鬼'？杀死臧先生的那个是青溪村的村民，而杀死甘大哥的那个则是小丽的爸爸？"

戴青水一脸冰冷地说："有几个'斩首鬼'不是重点，甚至'斩首鬼'是谁也不是重点，重点是，现在'斩首鬼'在哪？"

陈佳茜搔了搔脑袋："什么意思？"

戴青水清了清嗓子，说道："'斩首鬼'把甘土从偏厅的电梯带到三号客房后，把三号客房的房门上锁，这么说，'斩首鬼'此刻应该还在三号客房里。可是……"她说到这里环顾四周，续道："这里有人吗？"

"我想到一种可能。"陈佳茜说。

"是什么可能？"宋田田问。

陈佳茜舔了舔嘴唇，说道："就像慕容小哥刚才说的那样，'斩首鬼'离开电梯后，先把甘土带到三号房，然后回到走廊上，用钥匙在房外把三号房上锁，随后躲到其它客房里，甚至直接逃离偏厅。"

"现在来看，那是不可能的。"戴青水冷冷地说。

"为什么？"陈佳茜问。

戴青水向宋田田看了一眼："宋小妹，你再说说你们看到'斩首鬼'和甘土时的情形，唔，从你们在二层目睹'斩首鬼'和甘土进入电梯时开始说起就可以了。"

宋田田点了点头："嗯，当时'斩首鬼'把昏迷不醒的甘大哥拉进了电梯，随后关上了电梯的门，到一层去了。到达一层后，他（她）用椅子挡着电梯的门，让电梯无法回到二层来。慕容大哥当时就想到这点，所以带着我从二层的偏厅跑回一层的偏厅……"

戴青水听到这里打断了她的话："你们从二层的偏厅跑到一层的偏厅大概用了多少时间？"

宋田田挠了挠脑袋："不到十分钟吧。"她说罢望了望思炫："对吧，慕容大哥？"

思炫淡淡地说："九分钟三十七秒。"

众人没有问思炫为什么记得这么清楚，也没有怀疑他是在信口雌黄，因为此刻大家都知道这个叫慕容思炫的男青年绝非常人。

"然后呢？"戴青水向宋田田问道。

宋田田又想了几秒，说道："然后戴姐姐你，还有陈姐姐和东方大哥，就先后从自己的客房走出来。唔，后面的事你都知道了。"

戴青水点了点头，又问："也就是说，从'斩首鬼'和甘土进入电梯起，直到你们回到一层的偏厅看到我们，整个过程只是十分钟多一些，对吗？"

"差不多吧。"宋田田说。

思炫冷不防插话道："'斩首鬼'在二层把电梯关闭时，是凌晨两点五十四分，其后我查看了二层电梯附近的陈列室，发现里面没有人。两点五十五分，我和宋田田离开二层偏厅。三点零四分，我们回到一层偏厅。三点零五分，陈佳茜从房间出来。其后，戴青水和东方鹤马也先后从自己的房间走出来。"

他说到这里，咬了咬手指，总结道："也就是说，'斩首鬼'和甘土消失在我和宋田田的视线范围起，到大家于这道走廊会合，期间总共是十一分钟。”

戴青水笑了笑：“看来你已经知道我在想什么了。”

陈佳茜却一脸迷惑：“这个时间有什么意义吗？”

戴青水问宋田田：“你们在二层看到甘土时，他是活的还是死的？”

宋田田想了想，有些犹豫地说：“我也不知道，不过他哪怕还没遇害，但当时应该也昏迷了。”

戴青水“嗯”的一声，又问：“当时他的脑袋已经被砍下来了吗？”

宋田田这次倒回答得斩钉截铁：“没有！绝对没有！”

戴青水满意地点了点头，望向陈佳茜：“懂了吗？意义就在这里。宋田田和慕容思炫见到‘斩首鬼’和甘土的时候，我先不管甘土当时是不是死了，但至少他的脑袋还没被砍下来。接下来，十一分钟后，宋田田和慕容思炫就跟我们碰面了。而在这之后，直到刚才发现甘土的尸身前，众人一直待在一起，谁也没有单独行动过。所以，我和你，还有那东方鹤马，都绝对不可能是‘斩首鬼’。因为，十一分钟的时间，是不足够把一个人的脑袋砍下来，再把这个人的尸身插进酒坛子里的。”

陈佳茜恍然大悟：“原来是这样呀。”

宋田田也豁然开朗：“戴姐姐的推理很正确呀。如果……唔，我是说如果，如果‘斩首鬼’是戴姐姐或陈姐姐，她必须在十一分钟内，把甘大哥从一层的电梯拖到三号房，把甘大哥的脑袋砍下来，把甘大哥的身体插进酒坛子里，再带着甘大哥的脑袋离开三号房，在房外把房门上锁，其后把甘大哥的脑袋藏好，再回到自己的房间。十一分钟有可能完成这些事吗？不可能呀！”

戴青水望向陈佳茜：“你刚才说，‘斩首鬼’离开电梯后，先把甘土带到三号客房，然后回到走廊上，用钥匙在客房外把三号房上锁，随后逃离。现在你明白为什么不可能了吧？因为无论如何，在我们几个在走廊会合的时候，甘土的脑袋还没被砍下来。如果当时‘斩首鬼’已经逃离了三号房，那他（她）用什么时间把甘土的脑袋砍下来呢？”

陈佳茜心悦诚服："确实如此呀。这么说，'斩首鬼'应该是在我们守在走廊的那一个多小时中，把甘土的脑袋砍下来，并且把甘土的尸身放到酒坛子里的。"

"所以，"戴青水再次迅速地向三号客房的四个角落扫了一眼，"此时此刻，本来应该还在三号房里的'斩首鬼'以及甘土的脑袋，到底在哪里呢？"

"消失！"宋田田惊呼，"不可思议的消失！"

在刚才戴青水有条不紊地分析"斩首鬼"不可能是在场的众人之时，思炫不动声色地检查起三号客房的墙壁和地板来。他检查得十分仔细，几乎墙上的每一个地方以及地板上的每一片瓷砖，他都使劲地敲一敲，看看是否内有乾坤。

这时候，只见他一边检查一边用毫无抑扬顿挫的语气说道："还有另一种可能。"

戴青水"咦"的一声："什么可能？"

"那就是，我和宋田田在二层的电梯看到'斩首鬼'和甘土时，甘土的脑袋已经被砍下来了，只是斩首鬼把它安放在甘土的脖子上，让我和宋田田看起来以为他的身体还是完整的。如果这样的话，'斩首鬼'通过电梯来到一层的偏厅后，只需要把甘土的尸身拖到三号客房，插进酒坛子，并且带着甘土的脑袋逃离即可。这些事要在十一分钟内完成，是绝对有可能的。"

他说到这里，总算回头向众人瞥了一眼，冷冷地说："也就是说，'斩首鬼'有可能是戴青水、陈佳茜或东方鹤马。"

对于思炫的这个匪夷所思的推理，众人都听得目瞪口呆，但细想之下，却又觉得合情合理。

没想到大家还没完全消化思炫的话，他接着又说："不过，事实上，这个推理是不成立的。因为在二层的时候，我看到'斩首鬼'是揪住甘土的头发，把他整个人拉进电梯的轿厢的。如果当时甘土已经头身分离，那

'斩首鬼'是无法通过抓住他的头发把他拉进去的。除非，'斩首鬼'用万能胶把甘土的脑袋和身体粘在一起。

"但如果是用了万能胶，事后要把两者分开，就更加困难了，甚至比把一具完整的尸体的脑袋砍下来更困难。所以关于万能胶的推理也不成立。

"也就是说，我和宋田田看到'斩首鬼'和甘土的时候，甘土不管是死是活，他的脑袋确实还没有被砍下来。"

思炫绕来绕去，把陈佳茜和宋田田都给绕晕了。戴青水虽然听懂了他的分析，但对于他的这种先提出新的假设、再全盘否决自己的假设的无聊做法，可谓哭笑不得。

陈佳茜整理了一下思路，问道："说来说去，反正你们都认为'斩首鬼'不在我们这些幸运儿当中，对吧？"

戴青水点了点头："可以这样理解，我们都有不在场证明。"

"那到底是谁？"宋田田自言自语，"难道真的是还没露面的柳先生？"

她话音刚落，忽听思炫淡淡地说："找到暗门了。"

众人微微一惊，朝思炫望去，竟见思炫从正对着三号客房的房门的墙壁上取下了一块跟墙壁的颜色一模一样的木板。木板后方的墙壁内，似乎有一道楼梯！

3

那是一道向上的楼梯。

"没想到这房间里竟然有暗门呀。"陈佳茜讶然道。

"这道楼梯通往哪里呢？"宋田田搔了搔脑袋，"会是某个密室吗？"

"如果是的话，"戴青水朝暗门瞥了一眼，"那'斩首鬼'现在肯定就躲在那个密室里了。"

思炫先伸展了一下四肢，接着低下头，弯下腰，钻进了那扇暗门，走到墙壁内的楼梯上。

"慕容大哥，小心呀！"宋田田叫道。

思炫没有回答，踏上楼梯，一步一步向上走去。

"我们也去看看吧。"

戴青水说罢，没等陈佳茜和宋田田回答，也走进了暗门，紧随思炫而去。

"我们也去看看吗？陈姐姐。"宋田田问道。

陈佳茜点了点头："嗯，大伙待在一起比较安全。"

于是宋田田和陈佳茜也走进了密道。

密道里十分肮脏，地板满是厚厚的灰尘，顶部则布满了蜘蛛网。四人沿着楼梯，一直向上走，最后发现密道的尽头有一个大概一平方米的正方形出口。四人走出密道，四处一望，发现身处一个堆满了杂物的房间里。

思炫胡乱地抓了抓自己头发上的蜘蛛网，又拍了拍衣服上的灰尘，接着才慢悠悠地说："这里应该是断肠城三层。"

戴青水点了点头："是的，刚才那道楼梯的高度大概有两层高，我们从一层来到了三层。"

宋田田环顾四周："'斩首鬼'会藏在这个杂物房里吗？"

思炫走到杂物房的门前，只见门上贴着一张平面图，最下方写着"断肠城三层平面图"。

思炫"咦"的一声，先把平面图撕下来，随后扭动门把手，只听"咔嚓"一声，房门打开了。杂物房外是一道走廊。

陈佳茜吸了口气："看来'斩首鬼'早就逃跑了，现在大概潜伏在断肠城的某个地方监视着我们吧。"

思炫没有回答，快速地查看着刚撕下来的平面图。很快地，他就记下了断肠城三层的格局了。也就是说，现在他对整座断肠城内的每一个房间的位置都了如指掌了。

　　与此同时，只听戴青水淡淡地说："现在的情况越来越清晰了：两个小时前，'斩首鬼'拖着甘土走进了一层的三号客房，在房内把房门上锁，我们在走廊守候的那两个小时，他（她）就把甘土的脑袋砍下，把甘土的尸身插进早就放在三号房里的酒坛子里，最后带着甘土的脑袋，通过三号客房里的暗门，来到三层的这间杂物房，并且离开。"

　　她顿了顿，接着补充："'斩首鬼'离开这间杂物房后，又通过楼梯回到断肠城一层，来到偏厅的洗手间，并且把三号房的钥匙及平面图留在洗手间里，等我们发现。"

　　陈佳茜叹了口气："这'斩首鬼'真是神出鬼没呀！"

　　"咦？"戴青水似乎忽然想到了一件事，秀眉一蹙，说道，"我刚才说，我和陈佳茜，还有东方鹤马，都不可能是'斩首鬼'，因为十一分钟的时间不足以砍下一个人的脑袋。但现在看来，东方鹤马的嫌疑不能完全排除。"

　　"怎么说？"陈佳茜问。

　　戴青水清了清喉咙，分析道："我们之所以不认为东方鹤马是'斩首鬼'，是因为在发现甘土的尸身前，他一直躲在十一号房里，半步也没有离开过，所以不可能去把甘土的脑袋砍下来。但现在我们知道，原来断肠城的房间是有可能有密道的。你们可以想想，如果东方鹤马所在的十一号房也有密道，那会怎样？"

　　陈佳茜思考了好一会，忽然两手一拍，说道："我知道啦！你的意思是，东方鹤马所在的十一号房，和三号客房一样，存在密道，假设东方鹤马是'斩首鬼'，那么，当时，他把甘土的尸体从一层的电梯拖进三号客房，在房外把三号客房的房门上锁，接着回到十一号房，再出来跟我们会合，然后再次回到十一号房，我们在走廊守候的那一个多小时里，东方鹤马通过房间里的密道离开十一号房，来到断肠城三层，通过杂物房的密道来到一层的三号客房，砍下甘土的脑袋，带着甘土的脑袋再次通过三

116

号客房的密道逃离，把脑袋藏好，最后再通过十一号房的密道回到十一号房里。"

宋田田摇了摇头："好复杂呀！"

"反正，"戴青水最后说道，"我们先回一层的偏厅去吧。"

4

于是，思炫、宋田田、陈佳茜和戴青水四人，根据断肠城三层的平面图，来到楼梯处，再通过楼梯回到断肠城一层，最后再次来到偏厅的走廊里。

戴青水走到东方鹤马所在的十一号客房前方，一边把房门打开——因在房内挂上了保险链而只能打开一道空隙，一边冷然道："东方鹤马，出来！"

里面立即传出东方鹤马的叫声："干嘛呀？"他的声音之中略带恐惧。

"开门。"戴青水冷冷地说。

东方鹤马走到门前，通过空隙向戴青水瞥了一眼，有些不安地问："开门干嘛呀？是不是又发生了什么事呀？"

"东方大哥，"宋田田插话道，"你先出来吧。唔，甘大哥他……他真的遇害了。现在我们的处境很危险，必须团结一致呀。"

"团结你妈！"东方鹤马骂道，"臧大牛死了，甘土也死了，你还叫我出来？谁知道'斩首鬼'是不是在你们之中呀？不管怎样，在我爸来到断肠城前，我是绝对不会出来的！我警告你们别再来骚扰我！"

没等众人答话，随着"砰"的一声巨响，他已把房门重重地关上了。

"他不让我们检查十一号房，"片刻的沉默后，陈佳茜悄声说道，"难道十一号房里的真的有通往房外的密道？"

"可是，"宋田田说，"东方大哥那害怕的语气不像是装出来的呀，我看他真的不像是'斩首鬼'。"

她说到这里，转头向思炫问道："慕容大哥，我们现在该怎么办？"

思炫朝宋田田瞥了一眼，舔了舔手指，没有回答。

"现在我们根本不知道'斩首鬼'在哪，"陈佳茜说，"我看，还是待在房间比较安全呀。"

戴青水点了点头："是的，如果我们的房间没有密道的话。"

"嗯，那我还是回房吧，回房以后，我会好好检查我的房间里有没有密道。"

陈佳茜说罢，回到了她所住的八号客房，并且把房门关闭。

"为什么大家不待在一起呢？"宋田田皱着眉说，"不是已经证明了'斩首鬼'绝对不在我们这四个人当中吗？大家待在一起才是最安全的呀！"

"那倒未必。"戴青水冷笑一声，也回到了自己所住的十号客房，并且关上了门。

现在走廊里只剩下思炫和宋田田两个人了。

宋田田见大家相互猜疑，长长地叹了口气。

"走吧。"思炫扭动了一下脖子，朝走廊的入口方向走去。

宋田田问道："去哪？"

"再到书房去看看。"思炫稍微停住脚步，抓了抓头发，一字一字地说，"那里有揭晓真相的关键线索。"

第七章　无法停息的杀戮

1

慕容思炫和宋田田又一次来到走廊入口处右侧的书房。思炫再次走到书桌前，翻看书桌的抽屉。

"这里的抽屉你刚才不是都看过了吗？"宋田田问。

思炫摇了摇头："书桌左侧的抽屉还没看。"

"为什么刚才不看？"宋田田接着问。

思炫头也没抬，冷冷地说："因为刚才你说这里很恐怖，想快点离开。"

宋田田有些不好意思："哈哈，原来是因为我啊。"心里却有些暖意："没想到这个性格古怪的人也有细心体贴的时候。"

就在这时，忽听思炫"咦"的一声，似乎发现了什么。

宋田田连忙问："慕容大哥，怎么啦？"

思炫没有回答，把书桌左边最下面的抽屉——那是一个空抽屉——整个抽拉了出来，接着把手伸进书桌里，稍微摸索了一下，果然在抽屉底层摸出了一个牛皮纸公文袋。

宋田田又惊又奇："慕容大哥，你怎么知道这个抽屉的下面有东西？"

思炫一边把那牛皮纸公文袋打开，一边慢条斯理地解释："这张书桌，大部分抽屉在抽拉的时候都比较紧，要费点儿劲才能拉开，可见这些抽屉的使用频率都不高。但有两个抽屉的路轨却十分顺畅，抽屉很容易打开。那就是安放着柳其金的女儿柳思贝的骨灰的那个抽屉，以及我刚才取出来的这个左边最下方的抽屉。可见这两个抽屉是经常使用的。

"摆放骨灰盅的抽屉经常使用可以理解，因为柳其金常常悼念自己死去的女儿。可是我刚才取出来的这个抽屉却是空的，那为什么会被经常打开而致使抽屉的路轨变得顺畅呢？

"有两个可能性：一、这个抽屉以前放着一些常用的东西，抽屉经常被使用，所以路轨变得顺畅，现在抽屉里的东西已经被放到别的地方，所以抽屉空无一物；二、这个抽屉经常被取出来，因为它的下面藏着某些东西。

"如果是常用的东西，应该不会放在最下方的抽屉吧？所以可能性一可以排除。也就是说，最后可以得出这样一个结论：这个抽屉的下方藏着某些重要的东西。"

宋田田听得张大了嘴巴，久久无法合拢。

"太聪明了！"片刻以后，她由衷称赞道，"慕容大哥，你真是太聪明了！"

思炫没有理会她的称赞。因为在他解释的过程中，他从那公文袋里取出了一封信。此刻他正在浏览着那封信的内容：

柳老弟：

　　别来无恙？

　　我就直话直说吧。

　　我有一位朋友，名叫秦珂，他的妻子名叫毛佳妮，马上就要生孩子了。我介绍秦珂到S市找你帮他的妻子接生。不知道他们是否有来找你？如果有，请速拍发加急电报告诉我。

　　　　　　　　　　　　　　　　　　——贾浩1983年11月

宋田田也把脑袋凑过来，读完了这封信的内容，搔了搔脑袋："贾浩？那是谁呢？"

"你忘了？"思炫问。

宋田田皱了皱眉："好像在哪儿听过这个名字。"

思炫打开书桌的另一个抽屉，拿出此前所找到的那张发黄的黑白照片，递给宋田田。那是年轻时的柳其金和一个男子的合照。照片背面写着一行字："1979年秋，与恩人贾浩合照于S市电视塔前。"

宋田田一拍脑袋："我记得啦！这张照片中和柳其金站在一起的男人就是贾浩，你刚才推断说这个贾浩对柳其金有过恩惠，对吧？"

思炫"嗯"的一声，说道："至于信中提到的秦珂和毛佳妮，就是臧大牛所提起的那对找柳其金接生的夫妇。当时那毛佳妮没到预产期却胎盘早剥，柳其金虽然尽力救治，但胎儿缺氧而死，毛佳妮也在抢救的过程中失血过多而死亡。其后，秦珂说要杀死柳其金的妻儿，为自己的妻儿报仇。"

宋田田点了点头："嗯，我记得。"

思炫打了个哈欠，接着说："现在看来，这个贾浩是秦珂和毛佳妮夫妻两人的朋友，当初就是他介绍秦珂和毛佳妮到S市找柳其金接生的。"他说到这里，顿了顿，续道："假设现在发生在断肠城的连续杀人事件跟秦珂有关，那么这个贾浩也是事件中的关键人物。"

"很有可能。"宋田田使劲地点头。

在思炫跟宋田田说话的过程中，他一心二用，继续查看着那个公文袋，这时候又从那公文袋中找到一封电报。信封上方打印着"中国人民电信"六个字，中间则大大地打印着"电报"两字。

"电报？这是啥呀？"宋田田所成长的年代，已经基本看不到电报了。

"以前的一种通信方式，现在基本没用了。"

思炫一边说，一边打开那封电报，取出里面的电报单。这张电报单发出的时间是1983年11月26日，其内容为：

柳：我于明日下午到S市找你，有要事相求，见面详谈。贾

宋田田看完电报单的内容，向思炫问道："这是贾浩发给柳其金的电报吗？"

思炫点了点头，分析道："当时的情况有可能是这样：贾浩和秦珂夫妇是好友，他同时也是柳其金的恩人。贾浩因为某种私人理由，希望柳其

金帮秦珂的妻子毛佳妮接生，于是介绍秦珂到S市找柳其金。但贾浩不确定秦珂和毛佳妮是否真的到S市找柳其金，于是给柳其金写信询问。

"事实上，秦珂和毛佳妮确实到S市找到柳其金预约他为毛佳妮接生。所以柳其金给贾浩拍发加急电报，告知他确有此事。接着贾浩也给柳其金拍发了一封电报，就是我们现在看到的这封。而贾浩给柳其金的信件及电报，柳其金都保存下来了。"

宋田田点了点头，问道："你说贾浩因为某种私人理由想柳其金帮秦珂的老婆接生？会是什么理由呢？因为柳其金接生的技术一流吗？"

"不是这么简单。"思炫微微地吸了口气，"贾浩在电报中对柳其金说'有要事相求'，所指的应该就是他希望毛佳妮分娩时由柳其金接生的理由。他知道柳其金一定会答应他的，因为他以前有恩于柳其金。"

"贾浩到底想要柳其金帮他做什么呢？"宋田田使劲地搔了搔脑袋。

思炫轻轻地摇了摇头："现在我们所掌握的线索还不足够完全解开这个谜。"

最后思炫又从那个公文袋里找到一个破旧不堪的信封。打开信封，只见里面有好几张照片，全部都是彩色的，每张照片的后面都写着日期。

思炫把那些照片一张一张地放在书桌上，和宋田田一起逐一查看。

第一张照片有三个人：年轻时的柳其金，一个比柳其金小几岁的女子，以及一个三四岁的小男孩。照片中的柳其金愁眉苦脸，心事重重。而那女子虽然谈不上特别漂亮，但神情平和，一副温柔贤淑的样子。至于那小男孩，跟柳其金长得很像，单眼皮，小眼睛，鼻子有些平塌，面容略微清瘦。照片的背景是一个老式陈列柜。照片的背面写着"1984年"，大概是拍摄的日期。

"这个女子和这个小孩是谁呢？"宋田田想了想，忽然叫了出来，"啊？难道是柳其金的老婆和儿子？"

思炫点了点头："很有可能。这个女子应该就是柳其金的妻子容念，也就是三年前在断肠城中被青龙刀砍掉头颅的那个人。至于这个小孩，应该就是柳其金和容念的儿子。臧大牛曾说，在毛佳妮于分娩中死亡而导致柳其金弃医从商的那一年，柳其金的孩子大概三四岁，臧大牛还说，根据调查，那一年是1984年。而这张照片正好是拍摄于1984年，照片中的男孩看起来也确实是三四岁。"

"柳其金和容念的孩子是男孩？他们的孩子不是柳思贝吗？柳其金不是称柳思贝为'爱女'吗？"宋田田提出疑问。

"那就说明，柳其金和容念不止一个孩子呗。"

思炫一边说，一边拿起第二张照片。

那照片中还是有三个人：年轻时的柳其金和容念，以及容念抱在怀里的一个看上去刚出生不久的婴儿。婴儿的头发非常浓密，像是一个女婴。柳其金和容念所穿的衣服跟第一张照片一样，而拍摄的背景也跟第一张照片无异。照片背后也写着"1984年"。

"这个婴儿又是谁呀？"宋田田问道，"难道也是柳其金和容念的孩子？"

这一回思炫没有跟宋田田讨论，而是继续翻看剩下的照片。

第三张照片的内容也是柳其金、容念和一个婴儿，那婴儿鼻正口方，和柳其金的长相有几分相似。拍摄的背景还是那个老式的陈列柜前。照片背后写着"1986年"。

第四张照片还是柳其金、容念加上一个婴儿，这个婴儿的容貌则跟容念有些相像。拍摄的背景变成一张黑色的长木椅前方。照片背面写着"1989年"。

第五张照片也还是柳其金夫妻以及一个婴儿。前面那几张照片，除了第一张，其它几张中的婴儿都是由容念所抱的。而这张照片中抱着婴儿的人则是柳其金。这个婴儿的眼睛跟柳其金有些像，而鼻子和嘴巴则长得像容念。拍摄的背景还是前三张照片的那个老式的陈列柜。这张照片的背面写着"1993年"。

最后一张照片中，容念抱着一个婴儿坐在床边，而柳其金则站在床前。跟第一张照片相比，这张照片中的柳其金和容念明显苍老了许多，两人的脸上都有不少皱纹，柳其金甚至已经有一半头发是白色的了。不过，前五张照片中，柳其金和容念都是一副满怀心事、郁郁寡欢的样子，唯独在这张照片中，两人脸带微笑，看上去十分满足快乐。

这张照片的背面写着"2000年"。

越往后看，宋田田的神情越茫然。看完六张照片后，她双眉紧锁，自言自语："什么意思啊？难道照片中的这些婴儿都是柳其金和容念的孩子？但是臧先生明明说过，最近十年各大报刊对柳其金的采访都没有提及他有孩子呀！如果这些婴儿都是柳其金的孩子，那么现在这些孩子哪去了？"

对于宋田田的问题，思炫没有回答。他只是慢条斯理地把六张照片放回信封里，把信封、电报和信件逐一放回公文袋，再把公文袋放回抽屉底层，最后把那个取了出来的抽屉放回书桌中。

宋田田还在想着那六张照片的事，喃喃自语："这些婴儿简直就像一个接一个神秘地消失了一般！柳其金和容念把一个个孩子生出来了，还拍照了，但这些孩子却似乎没有一个成长的过程，而是莫名其妙地人间蒸发了……这事儿真是太恐怖了！"她说到最后，声音强烈地抖动起来。

思炫这才慢腾腾地抬起头向宋田田看了一眼，接着从口袋里掏出一盒TicTac糖，倒出几颗，扔到嘴里，一边咀嚼，一边说道："现在已经明确了，杀死臧大牛和甘土的'斩首鬼'，就是那两个人的其中一个。"

"什么？"宋田田大吃一惊，"慕容大哥……你……你是说你已经猜到'斩首鬼'的身份？哪两个人啊？'斩首鬼'是我们认识的人？"

对于宋田田的一连串提问，思炫没有回答。他把盒中的所有TicTac糖一股脑儿倒进自己的嘴巴里，使劲地咀嚼了几下，咽了下去，才用毫无抑扬顿挫的声音说道："反正，我们离真相越来越近了。"

"到底是谁啊？"宋田田追问，"不会真的是幸运儿中的某个人吧？戴姐姐和陈姐姐都有不在场证明，难道'斩首鬼'真的是东方大哥？他所在的十一号房有通往房外的密道？"

思炫没有回答，大大地打了一个哈欠，目无表情地说："这里已经没有其它线索了，我们回房去吧。"

2

慕容思炫和宋田田回到七号房的时候已经是凌晨五点四十八分了，外面大概开始天亮了，但断肠城内却终究一片昏暗，四处弥漫着死亡的气息。

进房以后，思炫先关上房门，再把房门旁边的保险链挂上，确保房外的人无法进来。

一整夜下来，追击"斩首鬼"，在走廊守候，再次发现无头尸体，密道探秘，书房找寻线索，这一切让宋田田疲惫不堪，甚至有些心力交瘁了。因此她跟思炫说了句"我先睡一会"后，便走到床上，躺了下来，不一会便睡着了。虽然身处危机四伏的断肠城中，但她此时已对慕容思炫十分信任，觉得只要有他在身边，自己便可安心休息。

至于思炫，还是走到房间角落的那把椅子前，跳到椅子上，坐了下来，接着两手环抱小腿，蜷缩着身子，脑袋挨着膝盖，闭目养神。

大概过了一个小时，宋田田被一股尿意憋醒。她慢慢地坐起身子，只见思炫坐在角落的椅子上，一动也不动。她吸了口气，一边看着思炫，一边蹑手蹑脚地从床上走下来。她的动作虽然极轻，但因为思炫把睡眠控制在较浅的程度，所以还是惊醒了。只见他双眼一睁，猛地抬头，望向宋田田。两人视线相接，宋田田吓了一跳，咽了口唾沫："慕容大哥，我把你吵醒了吗？不好意思。"

"你要出去？"思炫淡淡地问。

"嗯，我想上洗手间。"宋田田有些不好意思。

"我和你一起去。"思炫说罢看了看戴在右手上的钢表，已经是清晨七点零二分了，"天亮了，大概很快就会有人到断肠城来找我们了。"

两人走到房门前。思炫先把保险链取下，随后去扭动门把手，竟然发现房门上锁了，打不开。

"咦？"他斜眉一皱。

"怎么啦，慕容大哥？"宋田田问。

思炫吸了口气："有人在房外用钥匙把我们这个房间的房门上锁了。"

没等宋田田答话，他接着补充："应该是'斩首鬼'。"

"啊？"宋田田失声道，"'斩首鬼'？为什么要这样做呀？"

思炫咬了咬手指："他（她）要杀第三个人，但怕在杀人的过程中我们突然离房，从而看到他（她）的真面目，所以保险起见，先把我们的房门上锁，让我们无法外出。"

宋田田吞了口口水："'斩首鬼'又要杀人了？这次谁会遇害？断肠城里的人一个接一个被杀死，太可怕了！"

思炫伸展了一下四肢："我们出去看看吧。"

"出去？房门不是上锁了吗？"

宋田田说罢趴下身子，面向房门，脑袋紧贴着地面，接着说："房门和地面之间的确有一道空隙，不过这道空隙大概只有一厘米，我们绝不可能从这道空隙钻出去吧？"

思炫不慌不忙地从口袋里掏出一枚回形针，把它拉直了，并且插到房门上的钥匙孔中，轻轻地转动起来。

宋田田一脸好奇："慕容大哥，你在干吗？"

思炫一边转动着回形针一边答道："开锁。"

"啊？"宋田田又惊又奇，"你会开锁？"

思炫"嗯"的一声："这种锁，用回形针的话，要打开大概需要三十秒吧。"

"不、不会是真的吧？"宋田田惊喜交织，可是随即又提出疑问，

"那刚才我们在走廊守候的时候，你为什么不用回形针把三号房的房门打开呢？如果我们早点进去，就能当场逮住正在砍下甘大哥的脑袋的'斩首鬼'了吧？"

"在大家挑选房间的时候，我研究过这里的客房的门锁。对于这种构造的门锁，在上锁状态下，我可以用铁丝之类的东西在房内把门锁打开，但无法在房外把门锁开启。所以，当时，我也没有办法在三号房的房外把三号房的门打开。"

思炫说到这里，忽然"咔嚓"一声，竟真的把房门的锁打开了。宋田田"哇"的一声，感慨道："慕容大哥，你真是一个无所不能的奇人呀！"

思炫没有回答，扭动门把手，把房门打开。就在这时候，忽然一阵声音不大、但却十分清脆的关门声从附近传来。思炫"咦"的一声，走出七号房一看，只见走廊里一片寂静，半个人影也没有。

大部分客房的房门都是关闭的，但其中一个客房的房门却大大地敞开。

是三号房。

就是房内有一条通往三层杂物房的密道的三号客房。

思炫记得，刚才和宋田田从书房出来后，返回七号房的过程中，途经三号房之时，他顺手把三号房的房门关上了。然而此刻三号房的房门却又打开了。

就在这时候，三号房的房门突然被快速地关上了，与此同时，传来了"砰"的一声关门声。

宋田田"咦"的一声，走出七号房，向思炫问道："什么声音呀？"

思炫淡淡地回答："'斩首鬼'现在很有可能就在三号客房里。"

"什么？"宋田田这一惊非同小可。

她话音刚落，只听"咔嚓"一声，就在他们附近的八号客房的房门打开了，紧接着，陈佳茜从房里走了出来。

"咦，慕容小哥，宋小妹，你们也起床了吗？"陈佳茜说道，"你们刚才有听到关门声吗？"

"是'斩首鬼'！"宋田田大声说，"他（她）把三号房的房门关上了！他（她）现在就在三号房里！"

"啊？"陈佳茜花容失色。

"去看看。"

思炫快步走向三号房。宋田田和陈佳茜紧跟其后。三人来到三号房的前方。思炫扭动门把手，推开房门，只见房内的情景跟刚才完全一致：被砍下头颅的甘土的尸身被插在酒坛子里，双手则捧着臧大牛的头颅。

然而除此以外，房间内并没有其他人。

"'斩首鬼'呢？"宋田田皱眉，"怎么不见了？"

陈佳茜指了指墙上的暗门："应该是从那条密道逃跑了吧。"

"动作也太快了吧？"宋田田说，"我们快追！"

陈佳茜想了想："要不这样吧，我们兵分两路，一路留守在这儿，另一路到三层的那个杂物房堵截。"

"这样呀？"宋田田有所顾忌，"可是如果我们分两组，那就有一边只有一个人呀，无论是留守还是堵截，一个人对付'斩首鬼'，也太危险了吧？"

陈佳茜双眉一蹙："唔，这样吧，你跟慕容小哥在这里留守，我找东方小哥和我一起到三层堵截'斩首鬼'……"

她还没说完，宋田田打断了她的话："东方大哥会协助我们吗？如果他知道'斩首鬼'出现了，一定不肯出来。要不找戴姐姐吧？"她说到这里，跺了跺脚，一脸焦急："可恶呀！再说下去，又会被那'斩首鬼'逃跑了。慕容大哥，怎么办呀？"

在陈佳茜和宋田田如火如荼地讨论着如何追击堵截"斩首鬼"的时候，思炫却在静静地观察着甘土的尸身。他发现甘土所穿的那件蓝色T恤的衣领上，有一片淡淡的红酒渍。他记得那是因为众人在饭厅吃饭之时，臧大牛说到容念的脑袋被青龙刀砍下来的时候，甘土吓得双手颤抖，致使自己拿在手上的红酒洒到衣服上。

"当时甘土一定没有想到，数小时后，自己的脑袋也会被砍下来。"思炫心中默默地想。

他正在思索，忽听宋田田问自己怎么办，于是慢悠悠地扭过头，向宋田田和陈佳茜瞥了一眼，但却没有说话。

"来不及找戴姐姐和东方大哥了！慕容大哥，要不这样吧，你一个人留守在这里，我和陈姐姐到三层堵截'斩首鬼'。唔，你一个人能对付他（她）吧？而我和陈姐姐有两个人，大概也不必怕他（她）吧……"

宋田田还没说完，思炫打了个哈欠，冷冷地说："没必要去。"

"为什么？"宋田田问，"不把他（她）逮住，他（她）还要继续杀人呀！"

思炫没有再答话，转过身子，低着头，径自走出了三号客房。

"慕容大哥，你去哪呀？"宋田田追问。但思炫没有回答。

"我们跟去看看吧。"陈佳茜说。

于是宋田田和陈佳茜紧随思炫，只见他首先走到一号客房前方，扭动门把手，竟然把门打开了。

"咦，一号房的门刚才不是上锁了吗？"宋田田自言自语。

与此同时，思炫推开房门，众人探头一看，一号房内的情景和众人数小时前首次到这里来时所看到的情况是一样的：臧大牛的尸身在床上盘膝而坐，手上捧着一台iPad。

思炫走到床前，嗅了嗅臧大牛的衣服，喃喃自语："白酒味？"

"慕容大哥，你说什么？"宋田田问。

"臧大牛的衣服上有白酒味。"思炫淡淡地说。

"白酒？"宋田田搔了搔脑袋，"摆放在饭厅的饮料中好像没有白酒吧？"

陈佳茜"嗯"的一声："只有葡萄酒。而且臧大牛当时好像也没有喝酒。"

"我们几个小时前发现臧大牛的尸体时，他的衣服上没有白酒味。"思炫突然又冒出这样的一句话。他的语调终究没有丝毫起伏。

"那到底代表什么？"宋田田越听越迷惑。

但思炫却没有再解释了，走出了一号客房。

接着思炫又带着两人先后来到二号客房和四号客房前方，却发现二号房和四号房的房门还是处于上锁状态，无法打开。最后三人来到五号客房的前面。思炫扭动门把手，只听"咔嚓"一声，一直处于上锁状态的五号房的房门，竟然被打开了。

"啊？打开了？"宋田田轻呼。

思炫斜眉一皱，把房门推开，霎时间出现在众人眼前的是虽在意料之中却仍无比震撼的一幕：床上有一具无头尸体，依靠着墙壁，盘膝而坐。尸体看上去像是女性的身躯，身上穿着一件黑色的V领T恤，双腿则穿着一条蓝色的牛仔短裤。此外，这无头女尸的手上捧着一颗头颅，竟是甘土！

在甘土的嘴里好像含着一些什么东西。

看到无头女尸和甘土的头颅，思炫面无表情，而陈佳茜和宋田田则失声惊呼。陈佳茜接着说道："那……那好像是戴医生的衣服呀！"

宋田田使劲地咽了口唾沫："是……是戴姐姐？戴姐姐也被杀了？呜呜……怎么会这样呀？那'斩首鬼'真的要把我们赶尽杀绝吗？"

"在一号房的是臧大牛的尸身，在三号房的是甘土的尸身和臧大牛的头颅，而在这个五号房里，则是戴医生的尸身和甘土的头颅……"陈佳茜声音微颤，战战兢兢地说，"这么说，下次出现的是另一个人的尸身和戴医生的头颅？接下来被杀的会是我们几个的其中一个吗？"

思炫没有参与宋田田和陈佳茜的讨论，直接走进房间，来到戴青水的尸身和甘土的头颅前方，细看甘土含在嘴里的东西，原来是一台插上了耳机的MP3。他小心翼翼地把那台MP3取出来，稍微查看了一番，最后戴上耳机，按下MP3的播放按钮，霎时间耳机里传来一个女声。

"小马，我跟你说呀，咱们医院实行的是绩效考核，也就是说，医院的收入减去成本，再乘以提成的百分比，才是科室的奖金。怎么样？不需要我详细解释了吧？你要给病人开几块钱的便宜药，那是你的自由。不过，你不能把自己当成菩萨下凡，让大家陪着你喝西北风。"

思炫认得，这正是戴青水的声音！

接下来只听一个男子结结巴巴地说："戴姐，我……"

戴青水的声音接着响起："小马，上个月你接诊了一个肝癌晚期的老人，对吧？"

"嗯。"

"当时你是怎么跟他的家人说的？"

"我见他已经没有治疗的价值了，就建议他的家人放弃治疗……"男子的声音越来越低。

"是呀！这个我知道。可是你知道吗？你让他们回家的一周后，他和他的家人又回来了，挂了肿瘤科一个专家号求诊，被收住院了。"戴青水说到这里，声音中带着一丝讥讽和嘲笑，"那老人还到处说你医德不行，自己没本事治他的病，就让他回家等死。"

"这……这……他怎么能……我……"男子的声音充满委屈。

戴青水接着说："我就实话跟你说明白吧！我们科室里的人都知道一条潜规则，那就是对那些已经没有治疗价值的癌症患者，先介绍他们到外科做手术，收取外科那边的介绍费，接着转到化疗科做化疗，化疗完再转到放疗科去放疗……"

男子听到这里鼓起勇气打断了戴青水的话："可……可是，戴姐，很多病人家境不好，他们为了治病，变卖家产，负债累累，最后折腾几个月，还是死了……"

"那跟你有什么关系呀？"戴青水稍微提高了声音。

"我……我……"

戴青水"哼"了一声，淡淡地说："我再跟你说个事儿。前些天，有个食道癌的患者来求诊，我接诊了。那个患者的病情还不算严重，本来是可以保守治疗的。但如果保守治疗，我们科室里的人哪有奖金？于是我让他去做手术，去化疗，去放疗，还打算最后让他吃中药。本来嘛，他是可以再活一段时间的，但在化疗的过程中，他的免疫力下降，癌症复发，最后在折磨中死掉了。"

戴青水说到这里，换了一种极为冷酷的语气续道："但那又怎么样呢？反正就我本人就收了几万块的介绍费了，我们科室的人也收了不少奖金。唔，你也受益不少吧？小马，人不为己，天诛地灭呀！"

男子轻轻地"嗯"了一声。

那MP3里的音频文件到此便结束了。

思炫把耳机取下，皱眉思索。

宋田田问："慕容大哥，这MP3里有些什么？"

思炫没有回答，直接把MP3和耳机丢给宋田田。宋田田和陈佳茜一人拿起一个耳塞，塞进耳朵，一起听这MP3里的音频文件。听完以后，宋田田叹了口气："没想到戴姐姐竟然是这样的人呀。"

陈佳茜也摇了摇头："唉，每个行业都有潜规则。我所在的化妆品行业又何尝不是这样？"

思炫抓了抓杂乱的头发，淡淡地说："臧大牛官商勾结，欺压平民；甘土侵犯学生，逼死学生；戴青水则是一个无良医生，草菅人命。在'斩首鬼'看来，这三个人都是该死的。'斩首鬼'在三个人的尸体旁边留下他们作恶的证据，就是要告诉我们，他（她）没有胡乱杀人，他（她）杀的人都是死有余辜的。"

宋田田咽了口唾沫："我、我可没做过什么坏事。"

陈佳茜想了想："我也没有。"

思炫走出房间："走吧。"

"去哪呀？"宋田田问。

思炫没有回答，径自走到五号房对面的、东方鹤马所在的十一号房前方，扭动门把手，把门打开。当然，东方鹤马在房内挂上了保险链，所以房门只能打开一道空隙。

东方鹤马没有反应，大概是睡着了。

思炫使劲地拍打了一下房门。霎时间，东方鹤马的大叫声从房内传出来："靠！谁呀？别进来呀！"他的声音之中充满惊恐。

"你爸东方奇来了。"思炫对着那道空隙淡淡地说。

"真的？"东方鹤马大喜，"在哪？"

"在断肠城的城门前，正在想办法把城门打开，救我们出去。"思炫说到这里打了个哈欠，"我们现在就到城门那儿去，再也不回来这里了，你保重。"

陈佳茜莞尔。宋田田捂住嘴巴不让自己笑出来。因为她俩都能猜到东方鹤马接下来的反应。

"喂！等等我呀！"

东方鹤马急忙跑到门前，先把房门关上，取下保险链，再打开房门，来到走廊上，一脸兴奋地说："快走吧！我爸来了就不用怕了！"他刚才信誓旦旦地说绝对不会再离开房间，现在又一次被思炫轻而易举地忽悠了。

思炫朝他瞥了一眼，一脸呆滞地说："甘土死了，戴青水也死了，现在就剩下我们四个人了。"

东方鹤马大吃一惊："什、什么？都死了？太可怕了！咱们快走吧！"

"来吧。"

思炫领着宋田田、陈佳茜和东方鹤马三人离开走廊，来到偏厅，却在偏厅中央停下脚步，不再向前走了。东方鹤马催促："干嘛呀？快走呀！说不准那'斩首鬼'此刻就在附近呢！"

思炫点了点头："你说得对，'斩首鬼'此刻就在偏厅里。"

此言一出，三人大惊。宋田田和陈佳茜环顾四周，一脸惊恐。东方鹤马则失声大叫："什么？在哪儿呀？"一边叫嚷一边东张西望。

"不用找了，'斩首鬼'并没有躲起来，而是光明正大地出现在我们面前。"思炫说。

"什么意思呀？"陈佳茜问。宋田田和东方鹤马也一脸茫然。

思炫以极快的速度向宋田田、陈佳茜和东方鹤马三人扫了一眼，吸了口气，一字一顿地说："发生在断肠城内的连环杀人案的凶手'斩首鬼'，就在你们三个人之中。"

第八章　慕容思炫的推理 ─────

1

　　慕容思炫的这句话，让宋田田、陈佳茜和东方鹤马三人不约而同地惊呼起来。

　　"怎、怎么可能呀？"陈佳茜颤声道："'斩首鬼'是我们三个的其中一个？开玩笑吧？"

　　东方鹤马也骇然失色，大声问："到底是谁呀？快说！"

　　宋田田则脸色苍白，两手捂嘴，没有说话。

　　"现在，"思炫淡淡地说，"我将揭开断肠城连续杀人事件的真相……"

　　"等一下！"陈佳茜打断了思炫的话，"慕容小哥，你弄错了吧？'斩首鬼'怎么可能在我们三个人当中呢？别的不说，甘土被杀的时候，我们三个都有不在场证明呀！"

　　思炫向宋田田看了一眼："你再说说我们看到'斩首鬼'和甘土时的情况。"

　　宋田田点了点头，想了想，对众人说道："当时，'斩首鬼'把昏迷了或已经被杀的甘大哥拉进电梯，并且关上了电梯的门。我和慕容大哥大概用了十分钟的时间，从二层的偏厅回到一层的偏厅。之后，陈姐姐、戴姐姐和东方大哥，就先后从自己的客房走出来。"

　　陈佳茜点头道："是呀！根据戴医生的分析，你和慕容小哥见到'斩首鬼'和甘土的时候，无论甘土是活是死，但他的脑袋还没被砍下来，十分钟后，我和东方小哥都出现了，此后，直到发现甘土的无头尸身前，我都跟大家在一起，而东方小哥也一直待在自己的房间里没有出来。如果我和东方小哥其中一个是'斩首鬼'，我们就必须利用跟众人会合前的那十分钟砍掉甘土的脑袋，把脑袋藏起来，再把甘土的尸身插进酒坛子里。问题是，十分钟的时间足够做这些事吗？绝对不足够！"

宋田田点了点头："对呀！这样一分析，陈姐姐和东方大哥都不可能是'斩首鬼'。咦，难道……"

她咽了口唾沫，煞有介事地说："难道东方大哥的房间里真的有密道？我们在走廊守候的那两个小时，东方大哥就通过密道离开十一号房，再通过三号房的密道潜入三号房，把甘大哥的脑袋砍掉？"

东方鹤马怒吼："妈的！你胡说什么？"

宋田田连忙道歉："不好意思，我只是提出一种可能性，并不是说你就是'斩首鬼'。"

思炫扭动了一下脖子，淡淡地说道："不用那么麻烦。在拖着甘土——我推测他当时已经死了——进入电梯后，在跟众人会合前的那十分钟里，'斩首鬼'只需要做一件事，那就是把甘土的尸体藏起来。他（她）根本不需要在那十分钟里砍下甘土的头颅。"

"可是，我们后来确实在三号房看到了甘大哥的无头尸身呀！"宋田田说。

思炫反问："你怎么知道当时你看到的是甘土的尸身？"

"因为他穿着甘土的衣服呀……"

"啊？"陈佳茜的轻呼声打断了宋田田的话，"难道……"

思炫点了点头："是的，当时在三号客房里那具无头尸体，根本不是甘土。那个时候，甘土的脑袋还没被砍下。"

"不是甘土的尸体？"宋田田一脸讶然，问道，"那是谁呀？"

思炫咬了咬手指："是第一个被杀的臧大牛。"

2

众人再一次失声惊呼。

"臧大牛？"陈佳茜首先反应过来，"他的尸身不是在一号客房里吗？"

宋田田也一脸糊涂："到底是怎么回事呀？我越听越觉得混乱。"

"那我就按时间顺序从头说起吧。"

思炫清了清嗓子，不慌不忙地推理起来。

"首先，在大家前往断肠城之前，'斩首鬼'已对甘土暗中调查，甚至曾经潜入甘土的家，看看他平常穿哪些衣服和裤子。接下来，'斩首鬼'买下一批甘土常穿的衣裤的款式，放在断肠城里的某个地方。

"接下来，昨天傍晚，大家先后来到断肠城，并且根据提示——沿路那些指示牌都是'斩首鬼'所准备的，在一层的偏厅集合。其后，'斩首鬼'又通过柳其金讲话的视频，把大家引到饭厅，引导大家食用大厅的食物和饮料。'斩首鬼'早就在大部分食物和饮料中投放了安眠药的粉末。大家吃下食物及喝下饮料后——'斩首鬼'自己当然会挑选没有安眠药的食物来食用，安眠药发挥作用，大家陆续昏迷。我因为及时催吐，减弱了安眠药的作用。但'斩首鬼'也早就计算好怎样应对意外状况的发生，在身上藏着沾上了哥罗芳的手帕，并且看准时机，用手帕捂住我的嘴巴和鼻子，使我也昏迷。

"在我们都昏迷后，'斩首鬼'就取走了我们身上的手机，让我们醒过来后，无法通过手机联系外界。接着，'斩首鬼'还来到断肠城的大门，把城门上锁，让我们醒来后无法离开断肠城，而成为他（她）的笼中猎物。

"其后，'斩首鬼'把臧大牛杀死，砍下他的脑袋，暂时把脑袋藏起来，再把他的无头尸身拖到一号客房里。当时，一号房到六号房，除了一号房外，'斩首鬼'在房外把其他五个房间的房门都上锁了。唔，臧大牛的脑袋，很有可能就是藏在其中一个上锁的房间里。

"最后，'斩首鬼'回到饭厅，为了得到逼真的效果，他（她）自己也服下了一定量的安眠药，并且模仿自己刚才假装昏迷的动作，真正地昏迷了过去。正因为他（她）真的服下了安眠药，所以众人叫唤他（她）时，他（她）醒来的反应十分自然，我也没能瞧出破绽。"

陈佳茜听到这里，忍不住说道："这'斩首鬼'真是心思细密呀。"

思炫没有理会她，接着分析。

"晚上十点半以后，大家陆续醒来。我们根据'斩首鬼'留下来的平面图的提示，来到一号客房，发现了臧大牛的尸体。

"其后，由于我们对臧大牛被杀一案没有头绪，也无法离开断肠城，人心惶惶，只好各自躲到客房里。

"'斩首鬼'在确定大家都回房后，就从自己的房间里走出来，开始实施下一步计划。他（她）为了避免在实施计划的过程中，突然有人从房间里出来，从而揭穿他（她）的身份，所以在离房后，首先把其他人所在的客房的房门在房外上锁——他（她）的身上有走廊里所有客房的钥匙。

"接下来，从十二点到两点半这两个半小时中，'斩首鬼'要做几件事。我刚才说过，此前'斩首鬼'买下了一批和甘土经常穿的衣裤的款式所一致的服饰。昨天甘土所穿的是一件蓝色的T恤和一条深灰色的休闲裤，所以在断肠城的某个地方，也藏着一模一样的蓝色T恤和灰色休闲裤。'斩首鬼'先把那套衣裤找出来，换到臧大牛的无头尸身上。

"然后，'斩首鬼'把臧大牛的尸身拖到三号房，插在早就放在三号房的酒坛子里，伪装成甘土的尸身，并且把臧大牛的脑袋拿出来，放在被伪装成甘土尸身的臧大牛尸身的双手上。走出三号房后，他（她）又用钥匙从房外把三号房的房门上锁。

"其后，'斩首鬼'回到一号房前，用钥匙在房外把一号房的门也上锁了。现在大家明白为什么在我们发现三号房的无头尸体时，一号房的房门被锁上了吧？因为那时臧大牛的尸身已经不在一号房里了。如果我们还能进入一号房，发现里面没有尸体，就会马上揭穿'斩首鬼'的这个尸体替换诡计。

"然后呢，'斩首鬼'到九号房找甘土，骗他说断肠城的大门已经打开了，大家现在要走了。甘土上当了，取下保险链，把房门打开。'斩首鬼'就杀死了甘土，把他的尸体拖到走廊旁边的电梯里。

"最后，在凌晨两点半左右，'斩首鬼'来到我和宋田田所在的七号房，把断肠城二层的平面图放在门前，把房门开锁，并且拍门把我们引出来。拍门以后，他（她）立即逃离，走出走廊，进入电梯，和甘土的尸体一起乘坐电梯来到二层。

　　"我和宋田田听到拍门声以后，出来查看，发现断肠城二层的平面图，我们根据平面图的指示，以为柳其金在二层的陈列室里，于是想要到二层的陈列室一探究竟。其实呀，在我们离开七号房，朝走廊入口走去而经过三号房时，后来被我们所发现的那具被伪装成甘土尸身的臧大牛尸身已经在里面，插在酒坛子里。

　　"要从一层的偏厅走到二层的陈列室，有两种方法：乘电梯或走楼梯。在'斩首鬼'的计划中，我们必须通过走楼梯到达二层。所以，为了让我们不使用电梯，'斩首鬼'早就在电梯门上贴上了写着'维修中'的纸。但当时我还是无视那张纸，尝试使用电梯。不过'斩首鬼'也计算到这种情况，所以在二层用一把椅子挡着电梯的门，使电梯的轿厢无法下降到一层。最后，我和宋田田只好通过楼梯来到断肠城二层。

　　"来到二层的偏厅，在我和宋田田亲眼看见戴着面具的'斩首鬼'以及头颅还没被切下来的甘土后，'斩首鬼'的目的就达到了。达到目的后，他（她）和甘土的尸体乘坐电梯回到一层，用椅子挡着电梯的门，再把甘土的尸体以及自己所戴的面具和黑袍，藏在一号房、二号房、四号房、五号房或六号房的其中一个房间里，并且把房门上锁。注意，当时甘土的头颅还没被砍下来。

　　"其后，'斩首鬼'把其他人的房门的锁打开，并且回到自己的房间里。我和宋田田从二层回到一层用了九分钟三十七秒。这些时间，足够'斩首鬼'把甘土的尸体藏起来了。

　　"而在我和宋田田回到一层的走廊后，'斩首鬼'就看准时机，从自己的客房里走出来，和众人会合。从那时起，'斩首鬼'就一直和众人在一起，直到发现三号房的'甘土'的尸身。

"就这样，在我和宋田田目睹'还没被斩首的甘土'的十分钟后，'斩首鬼'就出现在众人面前，其后直到发现'甘土'的无头尸身，'斩首鬼'都跟众人待在一起。因为十分钟是不足够把甘土斩首并且把尸身插进酒坛子里的，所以'斩首鬼'就拥有了完美的不在场证明。

　　"现在大家都知道了吧？我们首次在三号房发现的无头尸体，根本不是甘土，而是臧大牛。当时的情况其实是穿着和甘土一样的衣服的臧大牛的尸身，抱着自己的头颅，十分诡异。

　　"而且，我们也知道了，'斩首鬼'是在我和宋田田在二层的电梯看到甘土前，早就把那具被伪装成甘土尸体的臧大牛尸体插进了酒坛子里的。'斩首鬼'的不在场证明因此被完全瓦解。

　　"顺带一提，在我们首次看到臧大牛的尸体时，因为他的头颅被砍下来了，我们自然会联想到断肠城里的'斩首鬼'传说。我们会想，凶手之所以斩掉臧大牛的头颅，大概是想模仿断肠城里的'斩首鬼'传说，增加恐怖的气氛吧。而我们一旦这样想，就掉到凶手精心设计的心理陷阱中去了。

　　"事实上，凶手把死者斩首的真正目的，是替换臧大牛和甘土的尸身，为自己制造不在场证明。但因为我们在看到无头尸体后，会先入为主地联想到'斩首鬼'的传说，认为凶手是在模仿传说，而凶手的真正企图——替换尸体，就很好地隐藏起来了。"

　　思炫说到这里，微微地扭动了一下脖子，接着说："本来，在一般的谋杀案中，凶手制造不在场证明，是为了让警方无法把自己定罪。但现在的情况比较特殊。根据我的推测，凶手'斩首鬼'的计划是杀死断肠城内的所有人，最后逃之夭夭。反正最后只剩下他（她）一个，他（她）的不在场证明还有什么意义呢？他（她）为什么还要煞费苦心地为自己制造不在场证明？

　　"其实是有意义的。因为在臧大牛和甘土被杀后，大家都提高警惕，相互猜疑，这样的话，'斩首鬼'的杀人计划就难以进行下去了。'斩首鬼'在甘土被杀时为自己制造了不在场证明，让大家都认为他（她）不是凶手，对他（她）放松警惕，甚至是毫无戒心。这样一来，他（她）要实施后面的杀人计划，就容易多了。"

"太可怕了！"宋田田叫道，"这个'斩首鬼'实在太可怕了！"

"到底是谁呀？"东方鹤马叫道，"这个该死的'斩首鬼'到底是谁？"

陈佳茜也咽了口唾沫："这个这么恐怖的人，真的在我们当中？"

思炫没有回答他们的问题，继续按时间顺序分析事件。

3

"当我们在三号房发现'甘土'的尸身后，会思考'斩首鬼'如何逃跑这个问题——因为当时我们认为'斩首鬼'是在我们守候着走廊的那段时间中在三号房里进行斩首工作的。最后，我们会在三号房里发现密道，并且认定了'斩首鬼'在把'甘土'的脑袋砍下后，是通过密道逃跑的。事实上，三号房里那条通往三层杂物房的密道，'斩首鬼'根本没使用过——至少当时没有使用。在我和宋田田目睹'斩首鬼'和甘土之前，三号房里就已经放好了没有头颅的'甘土'尸体了。

"这也解释了'甘土'的尸体为什么要放在三号房里。臧大牛的尸体在一号房，为什么'甘土'的尸体要放在三号房而不是二号房呢？因为所有客房中，就只有三号房存在密道。

"'斩首鬼'的计划是，我们会认为，当他（她）和我们一起在走廊监视一号房到六号房时，凶手就在三号房里，在慢条斯理地砍掉甘土的脑袋，把尸身插进酒坛子，再带着脑袋逃跑。

"但如果我们打开三号房的房门后发现里面只有'甘土'的尸体而没有凶手——假设房内没有密道，由于无法解释凶手怎样从完全封闭的房间中逃跑这个问题，我们就会想到我们在走廊守候的那段时间三号房里根本没有凶手。

"既然那段时间三号房里没有凶手，那'甘土'的头颅又怎么会被砍下来呢？只要我们一直朝这个正确的方向思考，就很容易识破'斩首鬼'的替换诡计。

"所以，他（她）在杀第二个人的时候，不使用没有密道的二号房，而使用有密道的三号房，目的便是为他（她）所创造的'虚拟凶手'留下一条逃跑的途径，让我们自己可以合理解释凶手消失这件事。"

思炫说到这里，稍微顿了顿，微微地扭动了一下脖子。

"太恐怖了！"陈佳茜喃喃自语，"这个'斩首鬼'把所有事情都计算到了，真是太恐怖了！"

东方鹤马叫道："喂！陈佳茜，宋田田，你们两个到底谁是'斩首鬼'呀？"

"不是我。"陈佳茜连忙澄清，与此同时向宋田田看了一眼。

"我……我……"宋田田欲言又止。

思炫清了清嗓子，继续展开推理。

"咳咳，我接着说。在发现三号房里的'甘土'的尸体及从三号房通往三层杂物房的密道后，众人再次各自回房休息。当'斩首鬼'确定大家都回到房间后，又一次从自己的房间里溜出来，实施下一步计划。当时大概是清晨六点钟。

"安全起见，'斩首鬼'还是先用钥匙把其他人所在的房间的房门从外上锁。接下来，他（她）来到十号房找戴青水。因为在'甘土'被杀的事件中，他（她）有不在场证明，所以戴青水对他（她）的警惕性不高，开门让他（她）进来。就这样，'斩首鬼'进房以后把戴青水也杀死了。

"杀死戴青水后，'斩首鬼'把她的脑袋砍下，藏在某个上锁的客房里，随后把戴青水的尸身拖到五号客房。为什么是五号客房呢？因为臧大牛的尸身被放在一号房，'甘土'的尸身为了给'凶手'留下逃跑途径而被放在三号房，如果戴青水的尸身被放在二号房或四号房，那顺序就是一三二或一三四，都比较奇怪。

"而放在五号房，那么三个死者被安放的客房顺序就是一三五，比较自然，让我们认为凶手只是钟情于使用单数号的房间，而不会特别注意到他（她）的目的是把'甘土'放在有密道的三号房。

"接下来，'斩首鬼'把刚才藏在某个上锁的客房里的真正的甘土的尸体拖出来，砍掉他的脑袋——甘土的脑袋是在这个时候才被真正砍掉的，带到五号房，让戴青水的无头尸身捧着甘土的脑袋。

"然后呢，'斩首鬼'又把甘土的尸身拖到三号房，把伪装成甘土尸身的臧大牛尸身从酒坛子里拔出来，把真正的甘土的尸身插进去，再让甘土的双手捧着臧大牛的脑袋，让一切看起来就跟之前一样。这样，当我们再次来到三号房的时候，会以为里面没有任何改变。事实上，我们两次看到的无头尸体根本不是同一个人。

"最后，'斩首鬼'把臧大牛的尸身拖回一号房，换回臧大牛本来的衣服，恢复原来的动作。至此，臧大牛和甘土的尸体的调换诡计全部完成。"

4

思炫说到这里再次停了下来。众人都没有说话。数十秒的沉默后，宋田田终于开口了："慕容大哥，你是怎样发现这个调换诡计的？"

思炫抓了抓头发，淡淡地说道："在吃晚饭的时候，有一些红酒洒在甘土的衣服上。也就是说，甘土所穿的那件蓝色T恤，是有红酒渍的。但我们第一次打开三号房的房门时，里面的那具无头尸体，他所穿的那件蓝色T恤，虽然和甘土的衣服款式一致，但光洁干净，根本没有红酒渍。当时我就猜到，这具尸体很有可能并非甘土，只是穿着一件和甘土的衣服一样的T恤。

"而刚才，我们再次来到三号房。此时无头尸体上的蓝色T恤的衣领上，是有红酒渍的，那具无头尸体，确实就是甘土本人。至此，我便推断出'斩首鬼'使用调换诡计的全过程。"

"就凭这么一个小细节就破解了'斩首鬼'的诡计？"宋田田由衷称赞，"慕容大哥，你真是太厉害啦！"

思炫没有回答宋田田，接着自己的话说道："还有，我们第一次打开一号房的房门发现臧大牛的无头尸体时，他的尸体上没有任何酒味。而刚才，我们再次来到一号房时，我却闻到臧大牛的衣服上有白酒味。虽然酒味微乎其微，但我鼻子很灵，所以一下子就闻到了。为什么臧大牛的尸体突然沾上了白酒味？自然就是因为曾经被'斩首鬼'放在三号房里，为了伪装成甘土的尸身，而被插进酒坛子的缘故。"

东方鹤马点了点头："脑子还真挺不错的嘛。"

陈佳茜则问："我有一个问题：'斩首鬼'为什么要把'甘土'的尸身插进酒坛子里？臧大牛的尸身和戴青水的尸身，都只是放在床上呀！"

宋田田一个劲地点头："对呀！真奇怪呀！到底是为什么呢？"

"很简单，因为臧大牛的身高只有一米七左右，而甘土的身高则超过一米八。用臧大牛的尸身伪装甘土的尸身，如果直接放在床上，我们一看身高，就会识破替换诡计。所以'斩首鬼'煞费苦心地弄来一个酒坛子，把需要伪装成甘土尸身的臧大牛的尸身插进酒坛子里。因为看不到双脚，我们无法准确判断身高，从而被'斩首鬼'瞒天过海。"

陈佳茜点了点头："原来如此呀！"

宋田田则提出新的疑问："等一下！东方大哥跟臧大牛的身高就差不多呀！为什么'斩首鬼'第二个不杀东方大哥，再用臧大牛的尸身替换成东方大哥的尸身？这样哪怕不插进酒坛子里，我们也看不出破绽呀！"

"靠！"思炫尚未回答，东方鹤马破口大骂，"宋田田，你敢咒我死？什么'我的尸身'？我现在不是好好地活着吗？"

众人没有理会他。陈佳茜想了想，说道："可能在'斩首鬼'本来的计划中，第二个要杀的就是东方小哥，只是在臧大牛的尸体被发现后，他（她）看到东方小哥那么害怕，第一个躲到房间里，知道他一定不肯开门，只好临时改变计划，去杀甘土，并且以臧大牛和甘土的尸身来实施调换诡计。"

宋田田摇了摇头："这说不通呀！如果本来的计划是第二个要杀东方大哥，那为什么要准备用来掩饰尸体身高的酒坛子？又为什么准备好了跟甘土所穿的T恤所一样的衣服？可见'斩首鬼'本来的计划中，第二个要杀的就是甘土！"

思炫打了个哈欠，淡淡地道："臧大牛和东方鹤马的身高相近，'斩首鬼'一开始的计划，或许确实是第一个杀臧大牛，而第二个就杀东方鹤马的。可是'斩首鬼'万万没有料到，在计划实施前两个月，东方鹤马到马尔代夫玩去了，并且把皮肤都晒黑了。

"因为晒黑了，所以臧大牛的尸体无法伪装为东方鹤马的尸体。最后，'斩首鬼'只好改变计划，增加了酒坛子这个道具，并且潜入甘土的家调查他常穿的衣裤。当然，新计划的准备工作，'斩首鬼'也是在昨天之前早早就准备妥当了。"

东方鹤马听到这里，又惊又怒，大吼："什么？也就是说，如果我没去马尔代夫玩儿，没把皮肤晒黑，那么第二个被干掉的就是我？那么现在我就已经挂了？我靠！这个'斩首鬼'到底是谁呀？你快说！我回家后让我爸把她抓起来，折磨得生不如死！"

思炫以极快的速度向东方鹤马、陈佳茜和宋田田扫了一眼，用如寒潭一般冰冷的声音，一字一字地说道："接下来，我就要揭开'斩首鬼'的身份。"

5

众人屏住呼吸，静候思炫的推理。

思炫打了个哈欠，抓了抓那杂乱不堪的头发，才慢悠悠地又说起来。

"首先，那'科龙二十载感恩送房'的活动中，幸运儿只有五个人，但昨天傍晚来到断肠城自称幸运儿的人，却有六个。那第六个人是不请自来的，而他（她）就是斩首鬼！

"要怎样才能知道这个不请自来的人是谁呢？看看谁没有科龙公司发出的领奖信？行不通。因为那封领奖信是打印的，而且没有盖章，要伪造十分容易。所以，我们要从另一个角度去分析这个不请自来的人是谁。

"根据我的推测，五位来自全国各地的幸运儿，并不是真的因为幸运而被抽中的。理由就是，幸运儿中有一些此前跟科龙公司没有任何交集，没有在科龙公司里留下自己的资料，怎么可能成为科龙公司举办的活动的幸运儿？

"所以我认为，五位幸运儿的名单，是由科龙公司的董事长柳其金自己决定的。柳其金为什么要让这五个人成为幸运儿？这个我待会再说。现在要说的是，柳其金所邀请的这五位幸运儿的名字，都有一个共同点。不，不光如此，应该是说柳其金本人以及五位幸运儿的名字，都有一个共同点。"

宋田田听到这里忍不住问道："什么共同点？柳其金，宋田田，唔，好像没有任何关系呀！"

思炫舔了舔手指，说道："柳其金这个名字的最后一个字，是'金'字，这个字有一个特点，那就是把三个'金'字组合起来，可以组成一个品字形结构的新汉字——'鑫'。而这就是我所指的柳其金和五位幸运儿的名字的共同点！"

思炫说到这里望向宋田田，接着说道："宋田田，你的名字的最后一个字是'田'，三个'田'能组成一个新汉字……不过我不会读那个字。"

宋田田点了点头："嗯，是一个'畾'字，好像和'打雷'的'雷'的读音和意思都一样。不过这个字在《现代汉语词典》里也查不到。"显然宋田田此前查证过这个和自己的名字有所关联的汉字，所以此时马上就能说出它的读音和解释。

思炫"嗯"的一声，又道："第一个被杀的臧大牛，他名字中的'牛'字，乘以三就成为一个……唔，那个字我也不会读，但我见过那个字。（作者注：'犇'的读音及解释同'奔'。）

"第二个被杀的甘土，他名字中的'土'字，乘以三后就成为一个……唔，不会读。（作者注：'垚'的读音同'尧'，意为'山高'。）

"第三个被杀的戴青水，她名字中的'水'字，乘以三以后就成为一个'淼'字！"

最后一句话思炫说得比较响亮，大概是因为遭遇了不会读"犇"及"垚"的尴尬后，终于遇到一个自己会读的字了。

东方鹤马接话道："这么说，三个'马'字好像也能组成一个新汉字，唔，不过我也不知道怎么读。"（作者注："骉"的读音同"标"，意为"许多马跑的样子"。）

"是的，你的名字也及格。在所有自称幸运儿的人当中，姓名的最后一个字乘以三后不能组成一个新汉字的，就只有一个人。"

思炫说到这里，呆滞无神的目光突然变得锐利起来，如疾风闪电一般向在场的"某个人"射去。

"那个人就是你！"思炫迅速地吸了口气，一字一顿地道，"你就是杀死了臧大牛、甘土和戴青水三人的'斩首鬼'，陈佳茜！"

第九章 可怜天下父母心

1

霎时间，陈佳茜脸上的表情凝固了。

宋田田和东方鹤马也目瞪口呆。

首先反应过来的是宋田田，只听她失声叫道："陈姐姐是'斩首鬼'？怎、怎么会？"

东方鹤马也回过神来，向陈佳茜看了一眼，咽了口唾沫："杀人凶手真的是这个女人？"

慕容思炫的回答简短而干脆："是！"

"喂？"被指是杀人凶手的陈佳茜定了定神，脸色逐渐复原，一脸委屈地说，"慕容小哥呀，就凭这点就说我是凶手？也太牵强了吧？谁知道柳其金是不是真的以什么名字的最后一个字乘以三能组成一个新汉字这个标准来挑选幸运儿的呀？再说呀，哪怕我真的不是幸运儿，哪怕我真的不请自来，但也不能说我是'斩首鬼'呀！"

思炫刚才那锐利的目光渐渐又变得呆滞起来，他朝陈佳茜瞥了一眼，不紧不慢地说道："陈佳茜，除了'你的名字和其他幸运儿的名字格格不入'这一点以外，还有很多其它证据指向你是凶手。

"证据一：在我们发现臧大牛的尸体并且知道大家暂时都无法离开断肠城后，你说：'不如我们回客房那边吧。那里至少有让我们休息的地方。而且，只要我们随便找一个客房，待在里面，把房门上锁，那"斩首鬼"就进不来了。'你这样说是要引导大家回到偏厅的走廊，方便你实施接下来的计划。

"证据二：大家回到走廊后，宋田田说只要大家待在一起就安全了，但你却说：'我总觉得跟这样一个杀人不眨眼的凶手呆在一起是一件非常

152

危险的事啊！'因为你的这句话，东方鹤马也大叫：'我才不要跟杀人魔待在一起呢！'并且自己躲到其中一个客房里。既然有东方鹤马踏出了第一步，其他人也不甘落后，纷纷占领客房。可以说，是你在引导众人不要待在一起的。你为什么要这样做呢？因为如果众人一直待在一起，那么你接下来的计划就无法实施了，你就没有机会杀死甘土和戴青水了。

"证据三：继东方鹤马之后，甘土和戴青水也各自占领了一个客房，走廊里还有我、宋田田以及你三个人，但客房却只剩下两间。宋田田先提出三人共处一房的想法，你否决了。宋田田接着又说与你共处一房，把另一个房间留给我，你还是否决了，并且自己入住了八号房。为什么呢？因为你接下来还要实施杀人计划，自然不能跟宋田田或我待在一起。

"顺带一提，在挑选房间的时候，你曾经尝试打开四号房的门。其实你早就知道当时四号房是上锁的，你只是在我和宋田田面前演戏，不知不觉地告诉我们一个信息：'我陈佳茜也不知道哪个房间是上锁的，哪个房间是开启的。'

"证据四：我们在走廊守候的时候，你说想上洗手间，于是我陪你前往饭厅的洗手间。来到饭厅后，你竟然毫不畏惧地直接进入洗手间。难道你不怕'斩首鬼'埋伏在洗手间里吗？你不怕'斩首鬼'在洗手间里袭击你吗？你当然不怕，你知道当时洗手间里不可能有'斩首鬼'，因为你自己就是'斩首鬼'！

"也顺带一提，洗手间里的平面图和三号客房的钥匙，很有可能是你在那时候才贴到镜子上的。在此之前，平面图和钥匙都在你的身上。

"证据五：发现'甘土'的尸身后，你又对戴青水、宋田田和我说：'现在我们根本不知道"斩首鬼"在哪，我看，还是待在房间比较安全呀。'你是在再一次引导大家单独行动，为接下来杀死戴青水制造机会。

"证据六：就在刚才，当你和宋田田达成共识，准备兵分两路，一路留守在三号房，另一路到三层的杂物房堵截'斩首鬼'的时候，你是这样对宋田田说的：'你跟慕容小哥在这里留守，我找东方小哥和我一起到三层堵截"斩首鬼"。'为什么你只说去找东方鹤马，却没想到去找戴青水？因为你知道戴青水已经死了——就在不久前被你亲手杀死了。但你一时之间忘记了自己不该知道这件事，因此说漏了嘴。"

<h1 style="text-align:center">2</h1>

思炫说到这里稍微顿了顿，轻轻地咳嗽了两声。东方鹤马和宋田田都在认真聆听，没有插话。而陈佳茜听到这里，嘴唇微张，似乎想要反驳。但思炫没有给她这样的机会，紧接着又分析起来。

"接下来，我再说说你在杀死戴青水前后发生的事。发现'甘土'的尸体后，大家在你的引导下，再一次各自回房。当你确定大家都待在自己的房间后，再一次悄悄离房。以免在实施计划的过程中有人突然离房，你先去把东方鹤马所在的十一号房的房门上锁——其实东方鹤马贸然离房的可能性接近零，再去把我和宋田田所在的七号房的房门上锁，然后才到十号房找戴青水并把她杀死。

"而当你把臧大牛、甘土和戴青水的头颅和尸身都分别摆放在相应的位置后，你先去悄悄地打开东方鹤马所在的十一号房的房门上的锁，最后来到我和宋田田所在的七号房前。

"你本来的计划是打开七号房的房门上的锁后，就回到八号房。可是你万万没有想到，我竟然能用别针从房内把门锁打开。当你来到七号房前方的时候，我刚好把房门打开了。你看到七号房即将要打开，大吃一惊，情急之下，马上回到八号房里，并且把房门关上……"

宋田田听到这里打断了思炫的话："我想起来啦！刚才我们从七号房出来的时候，确实听到附近传来关门声，原来那是陈姐姐所在的八号房的房门关闭的声音？"

陈佳茜咬牙不语。

思炫点了点头："是的。"

"可是，紧接着，三号房的房门不是也关上了吗？当时待在八号房里的陈姐姐，怎么能把三号房的房门关上？"宋田田提出疑问。

陈佳茜两眼一亮，连忙说道："我根本不是'斩首鬼'！当时'斩首鬼'在三号房里！后来他（她）通过密道逃跑了。此刻他（她）还潜伏在断肠城里，监视着我们。"

思炫向陈佳茜瞥了一眼，冷冷地说："现在说这些话还有意义吗？这只是你的一个不足挂齿的小诡计，目的是再一次为自己制造不在场证明，让我们更加确信你不是'斩首鬼'，方便你接下来杀死我们。

"你具体的做法是这样的：把一根透明的鱼丝绕过三号房的门把手，再把鱼丝的头尾相连，做成一个大圆圈，接着把鱼丝拉到你所在的八号房前方，并且通过房门下方的空隙——这里的客房的房门和地面之间都有一道一厘米左右的空隙——把鱼丝拉到八号房里。

"你本来的计划是，待在八号房里，紧贴着房门，偷听我和宋田田所在的七号房的动静，当你听到我们开门出来时，就拉动鱼丝，在我们面前关闭三号房的门，让我们以为'斩首鬼'在三号房，然后你就从八号房走出来，为自己制造不在场证明。

"虽然在你实施这个计划前发生了突发情况——我和宋田田在你还没准备好的情况下就从七号房走出来了，但你匆匆回到八号房后，还是决定实施这个诡计。你马上捡起地上的鱼丝，使劲拉动，让三号房的房门在我们面前关上。正因为这里的客房的房门的关闭方式全部都是从里向外拉的，所以你才能利用鱼丝拉动三号房的门把手，把门关闭。

"接下来，你只需要剪断鱼丝，并且快速地拉动其中一边的鱼丝，就能把整根鱼丝回收了。最后，你看准时机从八号房走出来，跟我们会合。不过，因为你是在匆忙之中实施这个计划的，所以也露出了致命的破绽。"

陈佳茜听到这里秀眉一蹙，似乎很想知道思炫所指的"致命的破绽"

到底是什么。

与此同时，东方鹤马问道："什么破绽呀？快说！"

思炫盯着陈佳茜，清了清嗓子，接着说："在这个人心惶惶的断肠城里，每个人待在客房里，都肯定会挂上保险链，防止凶手进来。可是为什么你没有挂上保险链？当时站在八号房附近的我，在你开门前，可没听到你取下保险链的声音。"

"慕容小哥，你说够了吗？"陈佳茜摇了摇头，有些不屑地说，"你说的都是瞎猜呀！你的所谓推理都不合逻辑！譬如保险链这个问题，取下保险链能发出多大的声响呀？你没听到也不奇怪吧？我告诉你，我在房间里是挂上了保险链的，我是在出来前才把保险链取下的。"

思炫的耳朵极灵，哪怕是微弱的声音，他都能听得一清二楚。如果当时陈佳茜所在的八号房真的传出取下保险链的声音，他是一定能听到的。但他也没有跟陈佳茜辩论，接着说道："那么，从另一个角度分析：当时，你一从八号房走出来就问我和宋田田是否有听到关门声。你是想向我们表明你是因为听到关门声所以出来一探究竟的。可是如果听到房外有声音，正常的做法是暂时不取下保险链，先开门通过空隙看看外面发生了什么事。但是你呢，却直接开门出来查看，难道你不怕'斩首鬼'就在门外？你当然不怕，因为你本人就是'斩首鬼'！"

"够了！"陈佳茜有些恼羞成怒了，提高了声音道，"你说了这么久，所说的都是你的瞎猜，根本没有实质性的证据！如果你一定要说我是'斩首鬼'，请拿出实质性的证据！"

"证据？"思炫嘴角一扬，冷冷地道，"多的是呢。"

3

霎时间，陈佳茜脸上的肌肉狠狠地抽搐了一下。但她马上就冷静下来，咽了口唾沫，问道："什么证据呀？"

思炫微微地扭动了一下脖子，淡淡地说："我随便列举两个证据吧。证据一：那根用来关闭三号房的房门的鱼丝，此刻要么在你身上，要么在你刚才所在的八号房里，因为你从八号房出来后，一直跟我们待在一起，没时间把鱼丝藏起来。

"证据二：你刚才回房之前，先把东方鹤马所在的十一号房的门锁开启，还打算把我和宋田田所在的七号房的门锁开启，所以，同理，七号房和十一号房的钥匙，此刻要么在八号房里，要么也在你的身上——我推测在你身上的可能性要大一些。甚至，现在，在你身上有所有客房的钥匙！"

"胡说八道！"陈佳茜大叫。

"他是不是胡说八道，你让我们搜一下就知道了。"东方鹤马逼近陈佳茜。

"哼！我为什么要让你们搜？你们凭什么啊？"此刻的陈佳茜不再温柔和善，而像一只受伤的刺猬，对众人充满敌意的同时，自己又感到不知所措。

她接着吼道："慕容思炫！我跟你说呀！你的什么所谓推理，都是一派胡言！为什么因为我的名字不能组成新的汉字就断定我是凶手？这是什么强盗逻辑呀？还有，我跟臧大牛他们无冤无仇，我干嘛要杀死他们？"

"说起名字，"思炫向宋田田和东方鹤马看了一眼，"你们知道柳其金为什么要挑选名字中存在这么一个共同点的五位幸运儿吗？"

"是因为我们五个人的名字和柳其金的名字有共同点吗？"宋田田问。

思炫摇了摇头："不是这么简单。真相是，臧大牛、戴青水、甘土、东方鹤马和宋田田这五个名字，都是柳其金亲自取的。"

"什么？"东方鹤马叫道，"我的名字是姓柳那老鬼取的？怎么会呀？"

"就是呀！"宋田田也附和，"我的名字应该是我爸爸妈妈所取的，怎么会是柳其金取的呢？"

思炫舔了舔手指，用毫无抑扬顿挫的声音说道："把各种线索串联起来，可得出一个结论，那就是：臧大牛、戴青水、甘土、东方鹤马和宋田田这五个人，都是柳其金的亲生儿女。"

4

"什、什么？"东方鹤马大声怪叫起来，"喂！你疯了吗？竟然说我是那老鬼的儿子？我老爸可是东方奇啊！是B市××局副局长东方奇！"

宋田田也目瞪口呆，颤声道："慕容大哥，这……怎么会呢？我跟柳其金素不相识呀！我怎么可能是他女儿？"

陈佳茜则在刹那间脸部狠狠地抽搐了一下，随后默然不语。

思炫朝宋田田看了一眼，淡淡地问："你还记得书房里那六张照片吗？"

"就是柳其金和他妻子容念分别与六个婴儿所拍的照片？"宋田田忽然想通了，脸色大变，"难道那六个婴儿……"

思炫点了点头："是的，照片中那六个婴儿，就是臧大牛、戴青水、甘土、东方鹤马和你宋田田，以及柳其金夭折的小女柳思贝。"

"怎、怎么会？"宋田田讶然，"那竟然是……是我？"

"喂！什么照片啊？"东方鹤马问。

但思炫和宋田田都没有理会他。思炫吸了口气，清了清嗓子，再一次头头是道地分析起来。

"第一张照片，拍摄于1984年，照片中和柳其金及容念合照的那个三四岁的男孩，就是臧大牛。待会你可以再到书房把那张照片拿出来看看，照片中的男孩，单眼皮，小眼睛，鼻子较为扁平，跟臧大牛的轮廓十分相似。

"昨晚在饭厅吃饭的时候，臧大牛曾说，根据他的调查，在柳其金弃医从商的时候，他好像有个三四岁的孩子。事实上，臧大牛所说的这个孩子，就是臧大牛本人。只是这件事他自己到死也不知道，何其讽刺。

"第二张照片和第一张照片是在同一天拍摄的，照片中的女婴当时刚出生，所以今年应该是二十八岁，跟戴青水的年龄相互吻合，所以那个婴儿就是戴青水。

"第三张照片拍摄于1986年，照片中刚出生的婴儿今年应该是二十六岁，这跟甘土的年龄吻合。再说，那张照片中的婴儿鼻正口方，和甘土的五官极为相似。

"第四张照片拍摄于1989年，照片中那个刚出生的婴儿今年应该是二十三岁……"

思炫说到这里望向东方鹤马，冷然问道："你今年是二十三岁吧？"

"关你什么事啊？"东方鹤马怒吼，"反正我不可能是那老鬼的儿子！我的爸爸是东方奇！"

思炫不再理会他，对宋田田说道："第五张照片拍摄于1993年，照片中那个刚出生的婴儿，今年应该是十九岁。宋田田，你今年正好是十九岁吧？"

宋田田点了点头："是的，我就是1993年出生的。可是……这怎么可能呀？"思炫说她是柳其金的女儿，此事实在匪夷所思，宋田田一时半刻无法接受。然而思炫的推理却合情合理，无懈可击，这又让她无法不接受这些事实。

思炫接着说："你的样子长得像容念，不像柳其金，不过，你跟柳其金一样是单眼皮的。"

宋田田心中一凛："单眼皮？爸爸妈妈是双眼皮的，姐姐也是双眼皮的，为什么偏偏只有我是单眼皮？难道……我真的不是爸爸妈妈的亲生女儿？这……这……啊！"她越想心中越是混乱，两手抱头，不知所措。

思炫抓了抓头发，续道："至于最后的那张照片，拍摄于2000年，照片中的婴儿，是柳其金和容念最小的女儿，名叫柳思贝，不过她已经夭折了。

"顺带一提，柳思贝中的'贝'字，乘以三就是'赑'——这个我会读，和钱币的'币'读音一致。知道'赑屃'吗？就是龙之九子之一。

"柳其金六个儿女的名字，都是他亲自取的。柳其金及其六个儿女的姓名的最后一个字，乘以三后都能组成一个新的汉字。

"再说当时，看完这些照片后，我就推测照片中的六个婴儿都是柳其金的儿女，并且他们此刻都在断肠城里——除了在天堂的柳思贝。于是我就想，杀人凶手'斩首鬼'行凶的目的，就是要杀死柳其金的儿女们。所以，'斩首鬼'就是此时在断肠城里、但这些婴儿照片中又没有他（她）的那个人。

"根据每张照片拍摄的年份，再对照每一个幸运儿的年龄，可以确定其中四张照片就是臧大牛、甘土、东方鹤马和宋田田。

"但是，第二张照片的那个女婴，出生于1984年，今年应该是二十八岁。而在幸运儿中，戴青水和陈佳茜看样子都在二十八岁左右。所以，当时我只是确定了'斩首鬼'就是戴青水或陈佳茜的其中一个，但暂时还无法明确知道到底是哪个。"

宋田田恍然大悟："你当时说''"斩首鬼"就是那两个人的其中一个'，原来是这个意思呀！"

思炫点了点头："后来我们发现了戴青水的尸体，而陈佳茜还活着，至此我便完全确定了'斩首鬼'的身份——陈佳茜！至于第二张照片中的女婴，自然就是戴青水了。"

陈佳茜"哼"了一声，冷冷地道："欲加之罪，何患无辞？"

思炫脑袋微转，紧紧地盯着陈佳茜，冷冷地说："你因为某种原因，恨透了柳其金，所以要杀死他的所有子女。在众人到达断肠城前，大概是前天，你先潜入断肠城，袭击柳其金，使他昏迷，随后把他囚禁于断肠城内的某个地方。

"柳其金醒来后，你强迫他拍摄两段视频。他开始当然不合作，于是你大概说如果不合作就杀死他之类的话。柳其金心想，反正拍视频也不是什么困难的事，好汉不吃眼前亏，最终答应了你。

"第一段视频你要柳其金以活动主办方的身份，把各位幸运儿引导到饭厅，目的就是让大家看完视频后来到饭厅，吃下你早就准备好的、投放了安眠药粉末的饭菜和饮料。第二段视频你则要柳其金说：'这是我送给大家的第一份礼物'。当然，录制视频的时候，柳其金并不知道所谓的'第一份礼物'是他的大儿子臧大牛的尸体。如果他早知道，他绝不会拍下这段视频，哪怕死。

"现在回过来说说你模仿断肠城的'斩首鬼'传说，把每一位受害者斩头的理由。总共有两个理由。第一个理由我刚才说过了，为了替换臧大牛和甘土的尸身，为自己制造不在场证明，方便接下来的杀人计划。

"至于第二个理由，那就是在你的计划中，每杀死一个人，就要把尸体拿给柳其金看，让柳其金亲眼看见自己的儿女一个接一个地死去，让柳其金每次看到死去的儿女后，继续等待着下一个儿女的尸体的到来，却又偏偏没有能力阻止，让他感受痛入骨髓的苦痛。

"但是，每次都要把整具尸体拿到囚禁柳其金的地方给他看，随后又把尸体搬回来让我们发现，实在太麻烦了。所以你就把每个受害者斩首，只把砍下来的脑袋拿给柳其金看，既方便快捷，又达到了让柳其金痛苦的目的。唔，柳其金一次次看到自己的儿女的头颅送来，想象着他们被砍头时的痛苦，一定比单单看到儿女的尸体更加难受。"

宋田田听到这里咬牙道："太残忍了！"

她接着转头望向陈佳茜，愤愤地道："为什么啊？柳其金到底对你做了什么事，要让你这样痛恨他？要这样残忍地对待他？"

陈佳茜也紧紧地咬着下唇，但却没有回答。

思炫答道："陈佳茜采取这种残忍极端的报仇方式，确实源于强烈的恨意。但对柳其金怀有如此强烈恨意的人，却并非陈佳茜，而是另有其人。陈佳茜，只是帮那个人实施复仇计划的傀儡而已。"

"那个人是谁呀？"东方鹤马问道。

思炫大大地打了个哈欠，冷冷地吐出两个字。

"秦珂。"

5

霎时间，陈佳茜脸色大变，狠狠地倒抽了一口凉气。

"秦珂？"东方鹤马搔了搔脑袋，"谁呀？"

宋田田也皱了皱眉，一边回忆，一边说道："就是妻子在分娩时意外死去的那个男人？"

思炫低低地"嗯"了一声，继续展开推理。

"昨晚在饭厅吃饭的时候，臧大牛说过，1984年，秦珂和毛佳妮来到S市找柳其金，预约他帮忙接生，然而毛佳妮的预产期还没到，胎盘早剥，被送到医院抢救，柳其金虽然尽力救治，但最后毛佳妮以及腹中的胎儿都死了。

"秦珂认为是柳其金医术不精，间接害死了自己的妻儿，扬言说要杀死柳其金的妻子和孩子。柳其金的妻子就是容念，当时她也怀孕了。此外，他们还有一个三岁的儿子，就是臧大牛。

"一开始柳其金对于秦珂扬言复仇一事将信将疑，但后来通过某些事得知秦珂确实有复仇的念头，而且会付诸行动。具体是什么事呢？除非问柳其金或秦珂，否则已无从考究。所以，我就先随便假设一种情况吧：柳其金害怕秦珂会来报仇，把一个布娃娃放在儿子臧大牛平时所睡的小床上，代替臧大牛，深夜，秦珂真的潜入柳其金的卧房，来到小床前，用刀子刺杀小床上的'臧大牛'，最后他当然失败了，逃之夭夭，但柳其金却已明确他确实要来报仇，而且这次虽然失败，但绝不会就此罢休。

"当然事实不一定是这样。但无论如何，总之柳其金是明确了秦珂确实会来报仇，会伤害自己的家人。

"就在这个时候，容念生下第二胎，是一个女婴，那就是戴青水。于是柳其金夫妇两人更加担心了，不仅担心秦珂来伤害臧大牛，还担心他来伤害刚出生的戴青水。最后，为了确保儿子和女儿的安全，柳其金夫妇两人经过商量，决定把臧大牛和戴青水悄悄送给亲戚的朋友或朋友的朋友收养。

"当时臧大牛只有三岁，还没开始记事，所以长大后，根本记不起自己三岁前是跟柳其金和容念一起生活的。至于戴青水，一个刚出生的婴儿，就更不可能记得这些事了。

"把臧大牛和戴青水送走之前，柳其金和容念与他俩分别拍下一张照片。这些照片，现在就放在书房里，藏在书桌中某个抽屉的下方。这几十年，柳其金经常把那些照片拿出来翻看，以解思念儿女之苦，所以把那个抽屉的路轨都拉得十分顺畅了。"

"等一下，慕容大哥，"宋田田问道，"柳其金和容念为什么不带着臧大牛和戴青水静悄悄地逃跑，躲开秦珂的监视？"

思炫轻轻地咬了咬手指："这个问题的答案，要问柳其金——如果他还活着的话。而我的猜测是，当时柳其金的父母有病在身，不方便迁居，而柳其金也不能带着妻儿逃跑，丢下父母。"

"然后呢？"东方鹤马问。

思炫吸了口气，继续推理。

"秦珂知道柳其金把儿子臧大牛和女儿戴青水悄悄送走后，恼羞成怒，大概又扬言说：'有种一辈子别让他们回来，他们一回来我就把他们杀掉！'接下来的十多年，他确实一直坚持监视着柳其金和容念夫妇两人。

"1985年，容念又怀孕了，柳其金让她到亲戚家暂住，不久以后婴儿诞生，那就是甘土。柳其金暂时避开秦珂的监视，到亲戚家跟容念会合，夫妻两人和二儿子甘土拍过照片后，又把他送给别人收养。

"接下来发生的事，跟前面的情况大同小异。1989年，柳其金的三儿子东方鹤马出生，被柳其金送给东方奇收养。1993年，柳其金的二女儿宋田田出生，也被柳其金送走。至此，柳其金和容念的五个儿女，臧大牛、戴青水、甘土、东方鹤马和宋田田，都分别被不同的人收养了……"

"放屁！"东方鹤马听到这里激动地大叫，"不可能！你说臧大牛呀戴青水呀是那姓柳的老鬼的杂种还有可能，但我绝对是东方奇的儿子！你他妈别再胡说八道了！"

至于宋田田则一脸茫然："我……我真的不是爸爸妈妈的亲女儿？这……怎么会呀？"

思炫没有理会他俩，接着说道："此外，我还认为，柳其金和容念跟收养臧大牛等人的家庭，并非直接认识。那些养父母，应该都是柳其金的亲戚或朋友的朋友，反正他们并不知道自己所收养的孩子的亲生父母是谁。正因为这样，所以当臧大牛等人收到科龙公司的领奖信后，他们的养父母虽然或许知道科龙公司的董事长是柳其金，但却不知道这个人是自己孩子的亲生父亲。

"说回当时，宋田田被送走后，柳其金和容念又安然无恙地度过了六年。直到1999年，四十多岁的容念再次怀孕。一年后，2000年，她生下一个女婴，柳其金为其取名为柳思贝。这时候，柳其金已经老了，接近五十岁了，他真的很想把这个小女儿留在自己的身边。而且，他认为毛佳妮已经死了十多年，秦珂应该早就放弃报仇了。所以，最后他决定把柳思贝留在自己身边，亲自抚养。

"书房里那六张照片中，前五张柳其金和容念的表情都是愁眉苦脸的，好像有数不完的心事，这不奇怪，因为拍完照片后，他们就要把自己的亲生孩子送给别人收养，从此和儿女天各一方，骨肉分离。但和柳思贝合拍的那张照片中，柳其金和容念都脸带微笑，一副幸福满足的样子，那自然是因为这次他们决定亲自抚养自己的女儿，不必再受骨肉分离之苦。

"可是柳其金和容念万万没有想到，秦珂的仇恨是那么的强烈，哪怕十多年过去了，他的仇恨之火仍然没有熄灭，他还在坚持监视着柳其金夫妇。柳思贝出生后，因为没被送走，所以被秦珂有机可乘。他潜入柳其金的家，杀死了出生没多久的柳思贝。

　　"为什么我会知道柳思贝的具体死亡时间呢？因为柳思贝的骨灰盎，现在就在书房里，骨灰盎上刻着'愿爱女柳思贝得以安息。柳其金，刻于2000年'。2000年，正好也是柳思贝出生的那一年。

　　"柳思贝被杀后，柳其金和容念伤心欲绝，同时知道秦珂还没放弃报仇，他还在暗中监视着自己。为了儿女的安全，柳其金和容念都放弃了和其他五个子女相认甚至是相见的念头。"

　　"这个秦珂真是可恶呀！"宋田田咬牙道。她接着望向陈佳茜，愤愤地问道："陈姐姐，你为什么要帮这样的人呀？"

　　陈佳茜不语。此时此刻，她的神色反而平静下来，怔怔地望着空气发呆，似乎思炫所说的一切都跟她无关一般。

　　"你接着说呀！"东方鹤马向思炫催促道。

　　思炫伸展了一下四肢，不慌不忙地说道："后来柳其金所开的房产公司赚了不少钱。到了2006年——柳思贝死后六年，柳其金对人生心灰意冷，于是雇用工程队建造了这座城堡，并且取名为'断肠城'。为什么叫断肠城呢？寓意就是他一辈子都无法跟儿女在一起，甚至连见上他们一面也是万难，饱受思念之苦，是一个断肠人。

　　"2009年，柳其金请著名油画大师季尊天帮自己画了一幅画。那幅画叫《家》，现在就挂在书房。画中有三个人，一个男人，一个女人，一个孩子，那是一家三口，他们三个所站的位置，正好组成了一个'众'字。

　　"柳其金要通过这幅画表达两个意思：一、表达他希望和子女共享天伦之乐的奢望；二、暗示他的所有子女的姓名的最后一个字，乘以三以后，按照画中的人物的位置来摆放，都能组成一个新的汉字。我后来之所以能发现所有幸运儿的名字的共同点，也是因为想到这幅油画的内容。

"可是，让柳其金所没能料到的是，油画画好后不久，他不仅仍然无法与油画中的'第三个人'——儿女——相聚，甚至连'第二个人'——妻子——也要失去了。"

第十章　"斩首鬼"的自白 ————————

1

东方鹤马和宋田田虽然在心理上无法接受自己竟是柳其金的孩子，却又无从反驳慕容思炫那毫无破绽的推理。

至于陈佳茜，一脸木然冰冷，脸上的表情似乎得意，又像是绝望，复杂无比。

思炫从自己的口袋里掏出了一筒曼妥思抛光糖，挤出两颗，扔到嘴里，一边咀嚼，一边继续推理。

"三年前，在柳其金请季尊天画下那幅《家》的没多久后，秦珂潜入了断肠城，决定找柳其金报仇。他不知道柳其金五个儿女的下落，于是想要杀死柳其金的妻子容念，为自己的妻儿报仇，让柳其金在痛苦中度过余生。可是他在杀死容念后，为什么要把容念斩首呢？他用本来就在断肠城里的青龙刀砍掉容念的头颅，可见这个举动很有可能是临时起意的。

"因此我推测，当时的情况有可能是这样的：秦珂潜入断肠城后，袭击容念，把她抓起来，带到断肠城二层的陈列室。容念清醒后问秦珂：'你是谁？'秦珂说：'十多年前，我的妻儿被你丈夫害死。'容念恍然大悟：'九年前杀死我女儿柳思贝的人就是你？'秦珂说：'是！'当时容念应该是手脚被绑，无法动弹，但当她知道眼前的男人就是杀死自己女儿的凶手后，愤怒无比，失去理智，用嘴巴咬秦珂，因此在嘴中留下了秦珂的皮肤。秦珂一怒之下，立即杀死容念。其后他想：'如果就此离去，事后警察调查容念口中的DNA，就会知道凶手是我。怎么办呢？'他急中生智，用陈列室中的那把青龙偃月刀砍掉容念的头颅带走。这就是容念被斩首的理由。

"不过秦珂当时并没有想到，自己为了掩饰罪行而砍掉容念的头颅，但此事被传出去后，却逐渐形成了一个'斩首鬼'的传说。

"秦珂对柳其金的怨恨确实十分强烈，哪怕在杀死柳其金的妻子容念后，他对柳其金的恨意仍然没有减弱。他还在等待下一个机会报复柳其金，让他更加痛苦。"

思炫说到这里，又挤出两颗曼妥思，抛到嘴里，大口咀嚼。

"接下来呢？"东方鹤马问。

思炫把嘴中的曼妥思咽了下去，咬了咬手指，继续推理起来。

"今年柳其金六十岁，他打算在自己六十岁生日那天，把自己的五个子女——臧大牛、戴青水、甘土、东方鹤马和宋田田——请到断肠城来，享受短暂的天伦之乐。

"但他怕秦珂前来报仇，所以不打算跟五个子女相认。再说，他也不想破坏子女们现有的生活。他只是想见一见他们而已。

"所以，他就想出了那个'科龙二十载感恩送房'的活动，让五个儿女成为活动的幸运儿，到断肠城来聚首一堂。宋田田，东方鹤马，现在你们明白为什么从来跟科龙公司没有交集的你们，会突然成为他们活动的幸运儿了吧？

"柳其金为了跟儿女们相见，也算是煞费苦心了。只是让他所始料未及的是，他给五个儿女所发出的领奖信，最后竟然成为他们通往地狱的催命符。"

他说到这里，停了下来，微微地吸了口气。

"这些都是你瞎猜的吧？"东方鹤马不屑地说，"别的不说，你怎么知道柳其金打算在六十岁生日那天把我们叫来？"

思炫朝东方鹤马瞥了一眼，冷冷地道："昨天，2012年6月28日，就是柳其金六十岁生日。"

"咦？"宋田田讶然，"慕容大哥，你怎么知道的？"

陈佳茜也微微地抬起头，向思炫看了一眼，一脸好奇。

思炫咬了咬手指："百度百科上说柳其金的出生日期是1952年7月1日，

169

我用手机查过，1952年的7月1日，农历是五月初十。而昨天，2012年的6月28日，也正好是五月初十。所以，昨天就是柳其金的六十岁农历生日。"

"靠！"东方鹤马忍不住说道，"这也被你发现了？还挺牛的嘛！"

"可是，"思炫瞧也没瞧东方鹤马一眼，话锋一转，说道，"'柳其金想要在2013年6月28日那天邀请五位子女回断肠城'这件事，最终还是被秦珂查到了。秦珂想要到断肠城大开杀戒，让柳其金痛不欲生。不过，秦珂可能已经老了，再也无法杀人了，所以他就叫陈佳茜帮他报仇。于是，最后，陈佳茜便伪造了一封领奖信，假装幸运儿，来到了断肠城。当然，在各位幸运儿到达前，她早已潜入断肠城，囚禁了柳其金，强迫他拍下两段视频，并且在断肠城各处放好指示牌，引导各位幸运儿来到一层的偏厅，正式进入她那杀人计划的舞台。"

陈佳茜见思炫连秦珂的事情也知道得如此清楚详细，明白自己是绝对无法抵赖的了，苦笑不语。

"喂！"东方鹤马冲她吼道，"你把断肠城大门的钥匙藏到哪儿了？快拿出来！让我们离开！"

陈佳茜向他瞥了一眼，冷冷一笑，没有答话。

"陈姐姐，"宋田田则问道，"你把柳其金藏在哪儿呀？"

陈佳茜脑袋微转，看了看宋田田，冷然道："我是不会告诉你们的。我要让他在绝望中死去！"

思炫一脸木然地说："我知道柳其金在哪里。"

陈佳茜斜眉一蹙："你怎么可能知道？"

"现在还不知道，但马上就能知道了。"思炫淡淡地说。

陈佳茜皱眉不语。

宋田田问道："慕容大哥，你有办法知道？"

思炫指了指偏厅里摆放在那木桌上的笔记本电脑，说道："这台电脑里有一个视频文件，那是陈佳茜强迫柳其金拍下的，内容是引导众人到饭厅去吃晚饭。不过当时我并没有亲眼看过那段视频，视频的内容是宋田田后来告诉我的。"

东方鹤马听到这里，轻轻地"哼"了一声。当时带头阻止思炫看视频的人正是他，因为他认为思炫并非幸运儿，没有资格看这段视频。

思炫打了个哈欠，用毫无抑扬顿挫的声音续道："后来，我们在臧大牛的尸体手上的iPad中看到另一段陈佳茜强迫柳其金所拍的视频。当时戴青水看完以后说了句：'柳其金这次并没有眨右眼，一次也没有，难道他并没有患慢性结膜炎？'我直到现在也没有看过第一段视频，但通过戴青水这句话，可以知道在第一段视频中，柳其金频繁眨右眼。

"问题是，如果他真的患了慢性结膜炎，为什么在第二段视频中没有眨眼？而如果他并没有患慢性结膜炎，又为什么在第一段视频中频繁眨眼？最大的可能是，柳其金的确没患什么慢性结膜炎，他在第一段视频中不断眨眼，其实是在给观看这段视频的人提供某种信息……"

"啊？"东方鹤马一脸讶然，打断了思炫的话，"真的吗？"

"难道柳其金在视频中告诉我们他被藏到哪儿？"宋田田问道。

"可能性很大。"思炫答道。

陈佳茜一脸惊慌，显然她在强迫柳其金录制视频的时候，也没发现柳其金在视频中留下了求救信息。

东方鹤马箭步跑到木桌前，再次打开笔记本电脑中的那段视频。思炫和宋田田也跟着他走了过去。只有陈佳茜呆立原地，一动也不动。

"留意柳其金在说到哪些字的时候眨右眼。"

宋田田和东方鹤马在思炫的这个提示下，再一次观看这段视频。

"各位幸运儿，欢迎来到（眨眼）断肠城参加'科龙二十载感恩送房'活动，我是科龙公司的董事长柳其金。

"各位长途跋涉，远道而来，请恕我有失远迎。希望断肠城能给各位带来舒（眨眼）服安适的感觉。今晚请各位在此留宿一夜，稍后我会为各位安排客房（眨眼），明天再安排专车把各位送回市区。

"现在，请各位由（眨眼）你们面前的木桌右侧的门口走进去，如果没有走错的话（眨眼），各位将进入一道走廊，经过走廊后，将来到饭厅。饭厅里有我为各位精心准备的晚餐，请各位尽情享用。

"晚饭以后，我就（眨眼）会到饭厅来跟大家见面。到时我（眨眼）将亲自举行本次活动的终极抽奖及颁奖仪式，敬请期待。"

看完视频，东方鹤马说道："一共眨了七次眼呀。"

思炫道："他每次眨眼时所说的字，连起来就是'到舒房由话就我'。"

"'到舒房由话就我'？唔……啊？"宋田田恍然大悟，叫道，"他说的是'到书房油画救我'！就是叫我们到书房中的那幅油画那里去救他！"

陈佳茜一听到宋田田说出这句话，霎时间脸上露出绝望的表情。

东方鹤马快步走到陈佳茜跟前，使劲地拉着她的手臂，粗鲁地说："走！到书房去！"

2

当下东方鹤马押着陈佳茜，思炫和宋田田跟在后面，四人再次回到走廊，走进走廊入口处的书房。思炫和宋田田是第三次到这儿来了。但东方鹤马却是第一次。他一走进书房，就东张西望，最后把视线落在挂在正对着房门的那面墙壁的那幅油画上。

东方鹤马走到油画前，把油画从墙上取下，果然看到油画后方的墙壁上有一扇暗门。他打开暗门，一道向下的楼梯现于眼前。

众人先后走进暗门，经过楼梯，来到一个灯光昏暗的地窖里。向前走了一会，来到一个看上去像是储物室的房间前方。东方鹤马把门推开，只见这个大概只有十平方的储物室里有两个人！

一个六十岁左右的老者坐在地上，身体被五花大绑，嘴巴被封箱胶纸封住。众人认得，他便是断肠城的主人、科龙公司的董事长——柳其金。

此刻的他，一头白发杂乱不堪，面容扭曲，脸上充满恐惧和绝望，一副万念俱灰的样子。

另一个人就在柳其金旁边，坐在一把轮椅上。那是一个骨瘦如柴的男人，看上去要比柳其金小几岁，但却和柳其金一样，白发苍苍。他不仅面容憔悴，而且口舌歪斜，五官几乎挤在一起。最引人注目的是，他没有左耳，且右眼的目光迟钝而空洞，应该是失明的。

众人进来后，柳其金抬头向众人看了一眼，当他的目光扫过东方鹤马和宋田田时，死气沉沉的眼睛竟然散发出一阵异样的光芒，那被恐惧和绝望所占据的脸上，竟然突现出一丝激动；至于那坐在轮椅上的男人，也微微地抬起头，怔了一下，随即咬了咬牙，目光之中掠过愤怒和怨恨。

宋田田马上走到柳其金跟前，帮他松绑。柳其金呜咽道："芷田……你是芷田……呜呜……"

宋田田不知道怎么回答，轻轻地"嗯"了一声，转头叫道："慕容大哥，东方大哥，过来帮忙呀！"

思炫从口袋里掏出一把瑞士军刀——这是他特意带到断肠城里以作防身之用的，扔给东方鹤马。东方鹤马"哼"了一声，不情愿地走过去，用军刀把绑在柳其金身上的绳索一根一根地割断。

与此同时，陈佳茜走到那坐在轮椅上的男人前方，"扑通"一声跪倒在地，低声道："干爹，我失败了……"

思炫慢悠悠地走到陈佳茜身旁，朝那坐在轮椅上的男人瞥了一眼，冷冷地说："你就是秦珂，你就是断肠城连环杀人事件的始作俑者。"

"你……是谁？"那男人盯着思炫，含糊不清地说道。他没有否认思炫的推测，看来他确实便是千方百计找柳其金复仇的秦珂。

思炫没有回答。于是陈佳茜说道："干爹，他就是那个和宋田田一起来的慕容思炫。我们的计划，全部被他破坏了。"

秦珂瞪了思炫一眼，目光之中似乎要喷出火焰，像是想把思炫活生生吞到肚子里一般。只是他行动不便，甚至无法动弹，所以对思炫这个破坏自己计划的人也只能无可奈可。

"线索越来越多，真相也越来越明朗了。"思炫看着秦珂，补充推理，"三年前，你——我推测还有陈佳茜，你们两个人潜入断肠城，把容念抓到二层的陈列室。当容念知道你就是害死她的小女儿柳思贝的凶手后，十分愤怒，趁你不注意，狠狠地咬掉了你的左耳。而你因此要砍掉容念的头颅带走。

"你本来可能患有糖尿病、高血压或心脏病等疾病，在杀死容念后，在你再次达到让柳其金痛苦的目的后，你或许是过度劳累，也或许是情绪过于激动，你中风了。后来你虽然恢复了神智，但却留下了后遗症——半身不遂。

"尽管如此，你仍然无法消除心中对柳其金的恨意。当你知道柳其金要把五个子女请到断肠城后，就叫你的干女儿陈佳茜代替你杀死柳其金的五个子女，对柳其金进行终极报复。为了欣赏这幕疯狂的杀人剧，你还让陈佳茜把你送到这里，和柳其金共处一室。这样，每次陈佳茜把柳其金的子女的头颅送进来的时候，你就能亲眼看到柳其金的痛苦模样。"

"靠！"东方鹤马大骂，"你们这父女两人真是超级变态呀！"

柳其金身上的绳索被割断了一半，但东方鹤马却不再理会了，走到秦珂跟前，直接用手上的瑞士军刀架在他的脖子上，怒骂："你他妈想干掉本少爷？去死吧！"

"不！"陈佳茜猛地站起来，声嘶力竭地叫道，"别伤害干爹！"

东方鹤马转过头，用军刀直指着陈佳茜的面门："快说！一切是不是就跟慕容思炫推理的那样？"

陈佳茜定了定神："只要你不伤害干爹，我就把所有事情都告诉你。"

"少废话！快说！"东方鹤马没耐烦地吼道。

陈佳茜长长地叹了口气，终于把事情的始末娓娓道来了。

3

　　"我妈妈在我还是婴儿的时候就病死了，从小我就跟爸爸生活在一起，两人患难与共。虽然没有妈妈，但我还是觉得自己很幸福，因为爸爸很爱我。遗憾的是，在2000年，爸爸竟然患上了鼻咽癌。他的病情反反复复，只能吃药控制，但尽管吃药，他还是会经常感到身体不适，抵抗力越来越弱。终于，在2002年，爸爸永远离开了我。当时我只有十八岁。

　　"爸爸离开前，他也知道自己将不久于人世，怕我没人照顾，于是把我托付给他的一位名叫秦珂的老朋友，甚至让我拜秦珂为义父。这位秦珂，从我懂事起，就看到他偶尔来找爸爸喝酒，每年几次。但在拜他为义父前，我跟他不熟，很少说话。

　　"爸爸离世的前一晚，把我叫到病床前，对我说：'茜，爸爸马上就要离开了，以后你要跟干爹好好地生活。我年轻时做过一些对不起你干爹的事，一直没有机会弥补。以后如果有机会，请你一定要帮爸爸好好补偿干爹，弥补爸爸的过错。'"

　　陈佳茜说到这里向秦珂看了一眼，接着说："对不起，干爹，这件事我一直没有告诉你。"

　　秦珂皱了皱眉，含糊不明地问："对不起……我？什么……事？"他中风以后，说话时总是这样咬字不清。

　　陈佳茜摇了摇头："爸爸没明说。"

　　"后来呢？"宋田田问。

　　陈佳茜微微地吸了口气，继续叙述。

　　"干爹没有儿女，几十年来都是一个人生活，很可怜。干爹是一个外冷内热的人，表面冷酷，内心却很感性。和干爹住在一起后，开始时他很少跟我说话，后来大概是感受到我是真心实意地对他好，他也对我越来越信任，我们两个人相依为命。有一天他对我说：'从来没有人像你这样对我这么好，在我心中，真的把你当成了亲女儿。'我当时听了觉得很感动。

"干爹并非随便说说，他是真的把我当成亲女儿了。为什么我这么说呢？因为在干爹说完这句话的不久后，有一次我俩出游，干爹驾车，我坐在副驾位上。上了高速公路后，我们的车突然失控，眼看就要撞上前方的货车了。在这种情况下，司机一般都会把方向盘猛打左边，让副驾位去撞击前方，以免自己受伤，对吧？但干爹在这生死瞬间，首先想到的是坐在副驾位的我的安危。他在没有时间思考的情况下，本能反应般地把方向盘猛打右边，导致驾驶位撞上货车，严重扭曲变形，干爹也因此身受重伤，被困车内。

"后来干爹被送到医院，虽然经过抢救，脱离了生命危险，但却在医院休养了几个月才完全康复，而且那场车祸还导致他的右眼永久失明了。

"如果当时不是干爹保护我，恐怕现在我已经没有机会在这里说话了。所以那次车祸后，我就知道现在这个世界上对我最好的人就是干爹——这个和我亲爸爸一般愿意用生命去救我的人。我决定把干爹当成亲爸爸一样，好好照顾他，直到他终老。

"干爹住院的那段日子，我每天都到医院陪他。而他也陆陆续续地把自己以前的一些故事告诉我。在这些往事中，有一件事他说起来特别激动，那就是：有一个名叫柳其金的医生间接害死了他的妻子和儿子。

"三年前，我和干爹在听电台的时候，无意中听到一个采访柳其金的节目。当时那DJ问：'柳先生，你喜欢小孩子吗？'柳其金说：'喜欢啊。'DJ说：'据我所知，你应该没有孩子吧？你那么喜欢孩子，却没有孩子，这是你的遗憾吗？'柳其金说：'不，虽然没有孩子，但我和我妻子在一起，我觉得幸福极了。'

"干爹听完这个节目以后，好几个晚上都失眠了。他说：'这个柳其

金害死了我的妻儿，他凭什么幸福？我不能让他幸福！我要他也尝尝我的痛苦！'

"接下来的事，就跟慕容推理的那样：某个晚上，干爹带着我潜入了柳其金所住的断肠城，抓住了柳其金的老婆容念。容念问我们是谁。干爹在她耳边说：'不记得我啦？我可记得你呢！当年，我的老婆和儿子，就是被你丈夫害死的！'容念恍然大悟：'你就是那个秦珂！九年前在我女儿的奶粉中下毒的人就是你！'干爹哈哈大笑：'正是！柳其金害死我的两个亲人，而我只杀死他的一个女儿，算是便宜他了。'干爹从来没有跟我说过他杀死柳其金的女儿的事，我是那时候才知道的。

"容念当时咬牙切齿，苦于被绳子紧绑，无法动弹，否则一定会跟干爹拼命。不过，她还是趁干爹不留意，咬掉了干爹的左耳。干爹本来没打算要杀死容念，只是想要把她侮辱，让柳其金痛苦。但在耳朵被咬掉后，干爹恼羞成怒，杀死了容念，并且为了隐藏残留在容念嘴巴里的自己的血迹，他还斩掉了容念的脑袋带走。"

柳其金听到这里，想到妻子被杀时的情景，心中悲痛，发出一声悲鸣。秦珂朝他瞥了一眼，见他如此痛苦，狞笑起来。

思炫则看了看陈佳茜，冷冷地说："你早就知道容念被斩首的原因，在大家讨论时，还首先提出'凶手本来根本没想过要砍掉容念的头颅，只是打算杀死她，可是后来因为某种原因，必须砍下容念的头颅'这样的观点，也算胆量过人。"

对于思炫的"称赞"，陈佳茜微微苦笑，她长长地叹了口气，接着叙述。

"干爹患有糖尿病和高血压，在杀死容念后，情绪过于激动，竟然中风了，还留下了半身不遂的后遗症。可是尽管容念死了，而干爹也瘫痪了，但却终究没能消除干爹心中对柳其金的仇恨。唔，干爹是一个异常执着的人。

"但是干爹还能怎样报仇呢？他已经杀死了柳其金的妻子和小女儿

了，而柳其金的其他子女在哪里，他又不知道。他已经再也无法令柳其金痛苦了。

"然而，过了没多久，却有一个男人来找干爹，说可以帮他制定一个完美的杀人计划，让柳其金亲眼看见他的五个子女逐一惨死。"

宋田田听到这里问道："那个男人是谁呀？"

思炫代替陈佳茜说出了答案："是沈莫邪，就是那个在两年多前就服毒自杀了的沈莫邪。"

4

陈佳茜凄然一笑，幽幽地说下去。

"慕容，真是什么都瞒不过你呀。是的，那个男人叫沈莫邪。那天，我上班去了，干爹自己一个在家，想着报仇的事。这时候，沈莫邪闯进来了。他对干爹说：'既然心里有恨意，那就杀掉他啊，有什么好犹豫的？'干爹被说中心事，大吃一惊，对沈莫邪装糊涂。没想到这个沈莫邪竟对干爹杀死柳其金的妻子和女儿的事知道得一清二楚，详详细细地说了出来。干爹惊慌失措。沈莫邪却说：'你不用担心，我是来帮你的。我可以为你制定一个完美的计划，只要你严格执行我的计划，我可以保证，你所痛恨的人，最后一定会承受你当年所受的痛苦的十倍之痛。'干爹说考虑一下，沈莫邪就离开了。当天我回家后，干爹并没有把沈莫邪出现过的事告诉我。

"过了几天，沈莫邪又来找干爹，问他考虑得怎么样了。干爹问沈莫邪怎样令柳其金痛苦。沈莫邪说：'我查到柳其金打算在三年后他六十岁生日那天，把他的五个子女邀请到断肠城。到时你就可以把他们一网打尽，在柳其金面前把他的子女们逐一杀死。天底下还有什么事比亲眼看着自己的子女一个接一个地死去更痛苦吗？没有！所以，你可以把你当年同

时失去妻儿的痛苦，十倍还给柳其金。'

"干爹又问沈莫邪为什么要帮他。沈莫邪说：'上次不是跟你说过吗？因为柳其金的五个子女都该死啊。让那些该死的人受到惩罚，正是我一直在做的事。'干爹问他们为什么该死。沈莫邪逐一解释：'柳其金的大儿子官商勾结，欺压平民，该杀；柳其金的大女儿，是一个无良医生，为了赚钱，害死不少病人，该杀；柳其金的二儿子，侵犯小学女生，丧心病狂，该杀；柳其金的三儿子，曾经对向他提出分手的前女友泼浓硫酸，令那个女生毁容，后来因为他的养父是某局的副局长，把他保住，使他不用承担任何责任，他也该杀……'"

东方鹤马听到这里，面如土色。

陈佳茜接着说："'至于柳其金的二女儿，曾经散播谣言，导致一个同学跳楼自杀，她也该杀。'"

宋田田正在帮柳其金解开身上的绳索，听到这里时，忍不住问道："是说我吗？我没有散播谣言令同学自杀啊。"

思炫冷不防插话："那是沈莫邪骗秦珂的，这样说才能让秦珂执行他的杀人计划。你没有做过坏事，沈莫邪并不打算惩罚你，所以让你来找我，让我保护你。至于沈莫邪对秦珂所说的臧大牛、戴青水、甘土和东方鹤马的罪行，就都是真实的。"

东方鹤马从鼻孔里重重地"哼"了一声，一副"哪怕是真的你们又能怎样"的嚣张表情。

陈佳茜吸了口气，接着说道："干爹犹豫不决。沈莫邪最后说：'你真的不用现在就答应我。上次不是跟你说过吗？到了适当的时候，我会把这个杀人计划的详细方案发送到你的邮箱，到时要不要执行计划，就由你自己决定吧。'他说完就走了，从此再也没有出现过。

"而干爹也一直没有把这件事告诉我。直到三个月前，干爹真的收到了沈莫邪发过来的杀人计划。这份杀人计划，把干爹心中的仇恨之火再次点燃了。最后干爹决定严格执行沈莫邪的计划，对柳其金进行终极报复。"

思炫舔了舔手指，又插话道："沈莫邪在2009年的时候就死了，你们三个月前收到的那份杀人计划，是沈莫邪死前利用邮箱的定时发送功能发给你们的。"

　　陈佳茜低低地"嗯"了一声，接着说："虽然有完美的杀人计划，但干爹当时已经半身不遂了。为了复仇，他只好把三年前沈莫邪两次找他的事详细告知于我，还把沈莫邪发过来的杀人计划给我看，并且央求我代替他执行计划，杀死柳其金的五个子女。

　　"一开始我觉得这事儿特别荒谬。让我杀人？这是我从来没有想过的事。三年前亲眼目睹干爹杀死容念的时候，我的心中已经留下了难以磨灭的阴影了。于是我劝干爹放下仇恨。可是干爹却说，他对柳其金的仇恨不共戴天，如果不能复仇，他宁愿死掉。我深知干爹的性格，如果我不帮他复仇，他是真的会自杀的。

　　"于是我陷入极度的矛盾之中。我真的不想杀人，可是我又不能让干爹自杀。我考虑了很久，最后终于决定帮助干爹报仇。一来因为爸爸生前曾经嘱咐我，如果有机会，要替他补偿干爹，二来则是因为干爹曾经舍命救我，如果没有干爹，我早就死了。既然我的命是属于干爹的，那么他想复仇，我自然应该为他执行。

　　"与此同时，我还这样劝说自己：干爹要杀的这五个人，都死有余辜，我杀死他们，只是替天行道，何罪之有？就这样，最后我终于说服了自己，我要代替干爹，按照沈莫邪提供的杀人计划，把臧大牛、戴青水、甘土、东方鹤马和宋田田这五个人统统杀死！

　　"在沈莫邪的计划中，第一个要杀的是臧大牛，第二个要杀的则是东方鹤马，然后用臧大牛的尸身来伪装成东方鹤马的尸身——毕竟他们两个的身高差不多，为我自己制造不在场证明，方便接下来的杀人计划。

　　"可是，在计划实施前，我却查到东方鹤马竟然到马尔代夫玩了两个月，把皮肤都晒黑了——沈莫邪生前一定也没想到事情会发展成这样。以东方鹤马目前的肤色，臧大牛的尸身根本无法伪装。所以，我自己修改了沈莫邪的计划，把第二个要杀的人改成甘土，用臧大牛的尸身去伪装甘土的尸身。

"不过呀，甘土比臧大牛高了十多厘米，在这种情况下，臧大牛的尸身根本无法伪装。所以，我又自己加入了一个道具——酒坛子。我把臧大牛的尸身插进酒坛子里，让大家无法得知他的真实身高，从而瞒天过海，伪装成甘土的尸身。可是呀，我毕竟不是沈莫邪，我临时修改的计划，破绽百出，让沈莫邪所制定的整个替换诡计都被慕容识破了。"

思炫朝陈佳茜瞥了一眼，一脸木然地说："无论是多么天衣无缝的计划，在执行的过程中，都会留下破绽。哪怕你没有修改这个计划，甚至这个计划由沈莫邪本人来执行，最终也必然被揭穿。"

陈佳茜苦笑："确实是呀，在你面前，什么事情都没有悬念。"

她说罢，长长地叹了口气。

第十一章　执着的杀意

1

这时候，宋田田终于把绑在柳其金身上的绳索全部解开了。柳其金慢腾腾地站起来，一步一步地走到秦珂跟前，淡淡地说："秦珂，咱们上一次见面，差不多是在三十年前吧？"

秦珂朝柳其金瞥了一眼，从鼻孔里重重地"哼"了一声。柳其金叹了口气，说起往事。

"当时你的妻子刚刚离世，你扬言要杀死我的妻儿，我怕你真的来伤害他们，所以把当时临盆在即的妻子以及儿子大牛送到亲戚家暂居，我和母亲两人则留在家里。

"果然，某天晚上，你持刀潜入我家，想要伤害大牛。结果你不仅扑空了，还被因为听到我的求救声而前来帮忙的邻居们逮住。我清楚记得你当时说的话，你说：'有种你现在就杀了我，否则我还会来报仇；有种你让你的儿子一辈子别回来，否则我一定杀死他！'

"最后我让邻居们把你放走，因为事实上你还没行凶，哪怕报警抓你，作用也不大，而且，再怎么说，你妻子的死，我确实难辞其咎。可是当时我万万没有想到，我一念之仁，让你离开，后来却害死了自己的小女儿柳思贝，还有我的妻子。

"因为你的恐吓，我真的不敢再把大牛留在自己的身边了。我当然想过带着妻子和大牛，悄悄逃离S市，到偏远的地方隐居，躲避你的追杀。可是啊，当时我的母亲因为中风而不能走动，更无法迁居。我的父亲早逝，我是母亲含辛茹苦养大的，我怎能丢下母亲？所以最后，我只好忍痛把儿子送走了。

"唉，当时大牛只有三岁，他长大后，完全忘了我跟他相处的那三年时光了。但在我心中，却忘不了，永远忘不了。他第一次翻身，第一次坐起来，第一次叫爸爸，第一次走路……我每天下班回家后，他一边叫着'爸爸'一边跑过来，我抱起他，亲吻他……这些我都忘不了……呜呜……我真的好怀念每天和儿子在一起的那段时光……大牛是我的六个儿女中，我最爱的那个……

"其后我的妻子每次怀孕，我都悄悄把她送到亲戚家，等她把孩子生下来后，等孩子满月后，才接她回家。而后来陆续出生的青水、旺土、鹤马和芷田，我也分别送给亲戚的朋友或朋友的朋友收养。

"为了避免你查到他们的踪迹，我没有跟任何一个孩子的养父母见过面，他们一直不知道他们所收养的孩子的亲生父母是谁。我只是交代帮孩子寻找养父母的亲戚和朋友说，无论孩子到了什么家庭，孩子名字中的最后一个字，一定要保留。牛、水、土、马、田、贝，这些字都跟我名字中的'金'字一样，可以组成一个品字形结构的字，而这，就是他们六个是我的亲生孩子的见证！

"无法看着亲生孩子们长大，是我一辈子最遗憾的事。不过当我想到这样做是为了他们的安全时，我就稍微释然了。

"十二年前，我的小女儿柳思贝出生了。当时我已经四十八岁了，人生过去了一大半。我真的再也舍不得把女儿送走。而且我认为你已经放弃监视我了——毕竟你妻子的事已经过去了十多年。所以，最后我和妻子决定把小女儿留在身边，由我们亲自抚养。

"可是我万万没有想到，你还没有放弃复仇。当我把妻子和小女儿接回家后，你竟然再次潜入我家，在我女儿的奶粉中投放百草枯的水剂！那可是没有任何特效药可以解毒的毒药啊！你竟然那么心狠手辣，用来毒害一个尚未满月的婴儿？那时我终于知道，仇恨已经让你不再是一个人了，而是一只为了报仇而生存的怪物！

"因为孙女的死，我的母亲伤心过度，一病不起，没多久也离开了。从此，我和妻子两人相依为命。我不敢去跟我的五个子女相认，因为一旦被你发现，你会毫不犹豫地对他们下毒手。再说，我也不想去破坏他们现在的生活。

　　"六年前，我在这里建造了断肠城，与妻子两人隐居于此。三年前，妻子提议：'我真的好想见见我们的五个子女。要不我们想一些借口把他们请到断肠城来，跟他们见见面吧。当然，避免那个秦珂对付他们，我们绝不能跟他们相认。'

　　"我和妻子的想法一致，也想在有生之年跟五个子女见一面。于是我尝试调查他们现在的情况。通过调查我发现青水在英国进修，要一年半以后才回国，而鹤马也在澳大利亚读中学，要三年后才回来。留在国内的只有大牛、旺土和芷田。

　　"我和妻子是希望能一次跟五个子女见面，好好地享受天伦之乐——尽管只有一天或两天的时间。于是我说：'要不这样吧，三年后在我六十岁生日那天，再把他们请来吧。到时青水和鹤马都回国了，我们一家七口，可以聚首一堂。'妻子赞成，并且非常期待。从那时起，在2012年的五月初十那天跟五个孩子的见面，成为我和妻子最大的期盼。

　　"可是呀，妻子永远等不到这一天了。同年十月份，妻子离奇被杀。我心里知道凶手一定是你，只是没有证据。

　　"连妻子也离我而去，我真的再也没有活下去的动力了。反正五个孩子都活得好好的，我也没有牵挂了。但我不能就此死去。一来因为我很想完成妻子的遗愿，在我六十岁生日那天，把五个子女请回来；二来我也真的很想在离开这个世界前最后再见一见我的子女们。

　　"所以最后我决定，就按原计划，在三年后的2012年，我六十岁生日的那天，把五个子女请到断肠城来。而和他们见面后，把他们送走后，我就自杀，去陪我的妻子。

　　"可是我真的没有想到，那个名叫沈莫邪的人，竟然如此神通广大，不仅查到我的五个子女是谁，而且还知道了我想在2012年五月初十那天把他们请到断肠城的想法，并且为此制定了一个杀死他们的计划！"

宋田田听到这里点了点头，感慨道："一个在2009年已经死去的人，竟然是发生在2012年的连续杀人事件的幕后黑手。这个沈莫邪实在太可怕了！"

柳其金望向宋田田，叹了口气："芷田，是我害了你们，如果我不是如此自作聪明，通过举办什么送房子活动把你们兄妹五人请回来，你的哥哥姐姐们就不会遇害了。"他所说的"芷田"，正是宋田田本来的名字。

"天作孽，犹……可违，自作……孽，不……可活。哈……哈哈……"秦珂说道。虽然他因为中风而吐字不清，但语气中却流露出复仇的快感。

柳其金向秦珂看了一眼，吁了口气，冷冷地道："秦珂，其实你的孩子……唉！"

"什、么？"秦珂盯着柳其金。

柳其金欲言又止，想了想，终于摇了摇头："没什么了，反正你的妻子之死，我确实有很大的责任。再说，如果当年我不是心软把你放走，又或者现在没有把子女们叫回来，那么悲剧也不会发生。我妻子的死，我的儿女们的死，都是我一手造成的。"

面对着秦珂和陈佳茜这两个杀死自己妻儿的凶手，柳其金的语气中却没有愤怒和憎恨，只有悲伤和绝望。他已万念俱灰了。他心想："哪怕把这两个人碎尸万段，但阿念和孩子们也不会复活了。"

思炫鉴貌辨色，猜到了柳其金的那句"其实你的孩子"的后半句是什么。他转头望向陈佳茜，冷冷地说："你刚才提到你的父亲。你父亲的名字叫贾浩，对吧？"

陈佳茜吃了一惊，颤声问："你……为什么连这个也知道？"

"在分配房间时，当走廊上只剩下宋田田、我和你三个人的时候，宋田田对你说：'陈姐姐，我们就同住一个房间吧，把另一个房间让给慕容大哥。'你似乎没有听到她的话。她随后又叫了一声'陈姐姐'，你还是没有反应。为什么呢？因为你当时根本没反应过来宋田田是在跟你说话。"

"不知道我在跟她说话？"宋田田搔了搔脑袋，"我不是都叫'陈姐姐'了吗？"

思炫朝宋田田瞥了一眼，微微地吸了口气："关键就在这里。'陈佳茜'只是一个假名，她本来并非姓陈，所以当你叫她'陈姐姐'的时候，她一时没能反应过来你是在叫她。

"那么她本来叫什么名字呢？我想到了贾浩这个人。他是柳其金的恩人，同时也是秦珂和毛佳妮夫妻两人的朋友，正是贾浩的介绍，秦珂和毛佳妮才会到S市找柳其金接生，从而引发后来的无数事情。这个贾浩也可以说是这次的连续杀人事件的关键人物。

"正好贾浩的'贾'字和陈佳茜的'佳'字发音相似，所以我做出一个大胆的假设：陈佳茜本来就是姓贾的，她的真实全名叫贾茜。冒充幸运儿的时候，为了掩饰身份，她把'贾'字改成'佳'字，再随便加上一个姓氏——陈，从而组合成'陈佳茜'这个名字。

"既然贾茜和贾浩都是姓贾，由年龄来推断，贾浩极有可能便是贾茜的父亲了。"

陈佳茜——该称呼她为贾茜了——长长地叹了口气："慕容啊慕容，你真是我所见过的最可怕的人。你说对了，我的本名就叫贾茜。"

在思炫刚才的推理中，当他提到"贾浩"这个名字时，柳其金皱了皱眉，喃喃自语："贾浩……毛佳妮……唉……"

他的声音虽低，而且几乎被思炫的说话声覆盖，但思炫耳朵极灵，一心二用，一边说话，一边聆听柳其金的自语。这时只见他扭动了一下脖子，走到秦珂跟前，一脸呆滞地问："你的妻子毛佳妮，跟贾浩是好朋友吧？"

秦珂皱眉，吃力地说："是……又怎样？"

"你是否想过他们会背着你偷情？"思炫冷冷地问。

秦珂脸上的肌肉狠狠地抽搐了一下，有些激动地说："你……说什……么……"

思炫朝柳其金瞥了一眼，淡淡地问："你都知道吧？"

柳其金轻轻地"嗯"了一声，叹了口气。

秦珂咬了咬牙："到底……什么事……"

思炫打了个哈欠，不紧不慢地分析起来。

2

"以下是我的推测：秦珂和毛佳妮夫妇两人，跟贾浩是好朋友，三人住在同一座城市里。然而，毛佳妮出轨了，背着秦珂跟贾浩偷情。出轨以后，毛佳妮非常后悔，觉得很对不起秦珂，发誓不再跟贾浩见面。而贾浩也对秦珂心存愧疚，离开了他原来所在的城市，到外地去了。他临死前对贾茜说：'我年轻时做过一些对不起你干爹的事，一直没有机会弥补。'所指的就是这件事。

"贾浩离开没多久，毛佳妮发现自己怀孕了。因为在那段时间，她跟秦珂以及贾浩都有过亲密行为，所以她也不知道孩子的爸爸到底是秦珂还是贾浩。她写信把怀孕的事告诉了贾浩。贾浩应该非常喜欢小孩子，所以回信对毛佳妮说：'孩子出生后，你想办法做个鉴定，如果孩子是我的，让我带走，好吗？'

"毛佳妮当然不能答应贾浩，一来，哪怕孩子不是秦珂的，但毕竟是毛佳妮的亲骨肉，她十月怀胎生下来的孩子，怎么舍得让贾浩带走？二来，如果孩子被带走了，她怎么向秦珂交代？所以她在回信中坚决拒绝了贾浩的这个要求。

"贾浩实在太喜欢小孩子了——而且那还有可能是自己的亲孩子，他想要把孩子暗中夺过来，于是他想到了自己曾经对其有过恩惠的妇产科医生柳其金。为什么我知道贾浩有恩于柳其金呢？因为书房里有一张柳其金和贾浩年轻时合拍的照片，背面由柳其金写着：'1979年秋，与恩人贾浩合照于S市电视塔前。'

"贾浩先写信给秦珂，大概内容是：'恭喜你快当爸爸了，我认识一

个产科医生，技术很好，你可以预约他帮嫂子接生，他叫柳其金，住在S市，在S市第三人民医院任职。'

"不久以后，贾浩又给柳其金写了一封信，内容是：'我有一位朋友，名叫秦珂，他的妻子名叫毛佳妮，马上就要生孩子了。我介绍秦珂到S市找你帮他的妻子接生。不知道他们是否有来找你？如果有，请速拍发加急电报告诉我。'这封信现在就在书房的抽屉里。

"秦珂确实带着毛佳妮到S市找到柳其金，所以柳其金发电报把此事告诉贾浩。于是贾浩又给柳其金发了一封电报，内容是：'我于明日下午到S市找你，有要事相求，见面详谈。'这封电报，现在也在书房的抽屉里。

"贾浩来到S市找到柳其金后，要求他做什么事呢？根据现在我所掌握的线索，我作出的假设是：贾浩希望柳其金在毛佳妮分娩的时候，用医院里夭折的死婴换走她的孩子！"

秦珂大吃一惊，颤声道："这……这……这……"

而柳其金则摇头叹气。

思炫清了清嗓子，继续推理。

"虽然这件事违背了医生的道德，但柳其金必须这么做，因为贾浩曾经有恩于他。然而天有不测风云，毛佳妮还没到预产期，却胎盘早剥，被送到医院抢救。因为她被送到医院时，已经出现失血性休克，回天乏术了，所以柳其金也无能为力。不过柳其金的技术确实一流，虽然没能挽救毛佳妮的性命，但竟然保住了她腹中的胎儿。

"但是秦珂并不知道这件事，因为柳其金答应过贾浩，要用死婴掉换毛佳妮的孩子。所以最后柳其金告诉秦珂：'你的妻儿都保不住。'然而事实上，毛佳妮肚子里的孩子是活下来的。"

他说到这里向柳其金看了一眼，冷冷地问："你刚才对秦珂说：'秦珂，其实你的孩子……'你没把话说完，其实你要说的是'其实你的孩子并没有死'，对吧？"

柳其金慢慢地闭上眼睛，点了点头。众人沉默。良久，他才把眼睛睁开，说道："是的，你的推理完全正确。当时我确实保住了毛佳妮的孩子，但没有把这个孩子交给秦珂，而是让贾浩带走了。其后，这个孩子就由贾浩抚养了。在那孩子三岁的时候，贾浩带着孩子来探望我。或许是压抑得太难受了，那天贾浩把他跟毛佳妮偷情的事一五一十地告诉我，最后还说：'我到现在仍然深爱着佳妮，我后半辈子什么都不做，就是一心一意地抚养这个孩子。'"

"喂？"秦珂喘着气，吃力地问，"那……孩子呢？在……哪？"

思炫朝贾茜瞥了一眼，语气毫无抑扬顿挫："就是她——贾茜。"

贾茜失声大叫："什么？我？"

秦珂也惊呼一声："是……茜？怎么……会？"

东方鹤马听到这里忍不住问道："那贾茜到底是贾浩的女儿，还是秦珂的女儿呀？"

秦珂也跟着问："是……是谁的？"

贾茜一脸茫然，自言自语："我……我的亲爸？或许是干爹？怎么……怎么可能……"

思炫微转脑袋，平时呆滞无神的目光此刻如冷电一般，刺向秦珂的面门："秦珂，沈莫邪曾对你说：'让那些该死的人受到惩罚，正是我一直在做的事。'他之所以要布下杀局，杀死臧大牛等人，就是因为他们做过坏事，在沈莫邪眼中是'该死的人'。但你没想过吗？你杀死了无辜的柳思贝，也杀死了无辜的容念，丧尽天良，在沈莫邪眼中，你自然也是'该死的人'，但他为什么没有惩罚你？"

"我……我……"秦珂面如土色。

思炫接着说："所以，我认为，贾茜的亲生父亲，并不是贾浩。当年贾浩把贾茜带走后，曾跟她做过亲子鉴定，发现贾茜并非自己的女儿。也就是说，贾茜的亲生父亲是你——秦珂。不过，贾浩实在太喜欢小孩子了，而且贾茜是他深爱的女人的亲生孩子。所以，他没舍得把贾茜还给你。明知道贾茜跟自己没有血缘关系，但他还是把她当成亲生女儿一般，把她抚养成人。

"直到十二年前，他患上鼻咽癌，时日无多，才把贾茜托付给你——毕竟你才是贾茜的亲生父亲。他让贾茜拜你为义父，难道你还不明白他的用意？

"你和贾茜其实只是萍水相逢，虽然住在一起以后逐渐熟悉对方，但毕竟相处的时间不长，感情不深，为什么在遭遇车祸的时候，在没有时间思考的情况下，你竟然会舍命保护贾茜？因为她是你的亲女儿，虽然当时你并不知道这件事，但心深处却有着这种血浓于水的感应。

"而沈莫邪，他早就查到了你和贾茜的父女关系。他知道，在你收到他的那份杀人计划后，你心中对柳其金的仇恨一定会再次激发，你按照他的计划把臧大牛等人杀死的可能性很高。但你已经半身不遂了，只能让贾茜代你执行计划。让你的亲生女儿贾茜成为杀人凶手，哪怕能逃过法律的制裁，但也一辈子留下阴影，生不如死，这便是沈莫邪对你这个恶人的惩罚！"

秦珂听得汗水涔涔而下，喃喃自语："我……害了茜……我……是我……"

他一边说，一边吃力地举起右手。贾茜会意，马上走过去，再次跪在秦珂面前，紧紧握住他的手，呜咽道："干爹，我是自愿帮你的，我无怨无悔……呜呜……真的，你不必愧疚……呜呜……"

秦珂也老泪纵横："茜……女儿……"

贾茜稍微站起身子，紧紧地抱着秦珂："爸爸……爸爸……"她虽然本来就对义父感情深厚，把他视作亲人，但此时得知义父竟然真的是自己的亲生父亲时，心情却在激动中夹杂着几分迷惘，复杂无比。

柳其金看到秦珂和贾茜父女两人相拥，心中的那份对子女们的思念被触动起来了。他两眼湿润，对东方鹤马和宋田田说道："鹤马、芷田，过来让爸仔细瞧瞧……"

东方鹤马大声打断了他的话："放屁！你不是我的爸爸！我的爸爸是

东方奇！B市××局副局长东方奇！"

柳其金看着东方鹤马，叹了口气："东方奇是我创业时的一个合作伙伴的表哥。当年他们夫妇很想要一个孩子，但却不孕，想要领养一个男孩。于是我通过我的那个合作伙伴，把刚出生一个多月的你送给他们抚养。当然，东方奇夫妇并不认识我，也不知道你的亲生父亲是我。

"鹤马，你真的曾经向一个女生泼浓硫酸，令她毁容？后来东方奇把你保住了？唉，看来是我所托非人。养不教，父之过。一切都是我的错……"

"闭嘴啦！别再说啦！"东方鹤马走到柳其金身前，一把把他推倒在地，涨红了脸怒骂，"臭老头！别再妖言惑众了！我再说一遍，我不是你的儿子！我的爸爸是东方奇！"看来他到现在仍然不能接受自己是柳其金儿子的现实。又或者是他的心里已经知道这是不容置疑的事实，但因不愿接受，因此自欺欺人。

"喂！你干嘛动手把他推倒呀？"宋田田一边说一边走到柳其金跟前，把他扶起。柳其金被儿子推倒，又被女儿扶起，心中百感交集，苦笑不语。

东方鹤马指着宋田田喝道："关你什么事？你有什么资格教训我？"

"啪"的一声，竟是宋田田以迅雷不及掩耳之势，狠狠地打了东方鹤马一个巴掌。

"你！婊子！"东方鹤马怒极。

他还没反应过来，宋田田反手又打了他一个嘴巴。东方鹤马的脸颊上，留下了两个清晰的掌印。

"妈的！敢打我？"

东方鹤马怒不可遏，举起右手，想要打宋田田，却被思炫一把捉住了手臂。

"靠！敢拦我？"

东方鹤马左手挥拳打向思炫的腹部。他不知道，思炫其实是一个武术高手，精通各种格斗技巧。只是平时他用脑袋已足以解决绝大部分问题，根本没有施展身手的机会。此刻他见东方鹤马攻击自己，身子微转，轻易地避开了他的拳头，与此同时，右手一滑，抓住了他的手腕，紧接着，以极快的速度把他拉到自己的身前，左臂顺势压向他的手腕，身体右转，力压其臂。这是擒拿中的一招，名叫拧腕断臂。

东方鹤马疼得哇哇大叫："放开我！放开我！"

思炫不但没有放手，反而加大力度。

"哇！好疼！求求你，放了我！"东方鹤马求饶道。

但思炫终究不为所动。

终于是柳其金开口求饶："这位小哥，求你放了我的儿子，好不好？求求你！"

思炫朝柳其金瞥了一眼，这才把东方鹤马放开。东方鹤马不敢再逞强了，右手轻抚左臂，呼呼喘气。

"鹤马，过来让我看看，好不好？"柳其金一副可怜的样子。

东方鹤马看了看柳其金，两脚微颤，似乎想走过去，但又下不了决心。

宋田田大声道："过来啊！"

东方鹤马轻轻地"哼"了一声，这才勉为其难地走到柳其金跟前。

柳其金左手握着宋田田的手，右手握着东方鹤马的手，长长地叹了口气："我等这一天，等了几十年……呜呜……"说到这里，再也控制不住心中的感情，眼泪夺眶而出，与此同时，把东方鹤马和宋田田紧紧地搂在怀里，失声痛哭。

紧抱着儿子和女儿，正是他多年来朝思暮想的事。这样的梦，他每年都会做几次。而现在，他终于梦境成真了。

令他痛心疾首的是，在那些梦中，儿子和女儿每次都会被秦珂用残忍的手法杀死。而现在在现实中，臧大牛、戴青水和甘土，也确实都死于非命，死于秦珂的仇恨之中。

"鹤马、芷田，原谅爸爸……呜呜……"柳其金把压抑了数十年的眼泪尽情释放。

"嗯，你别这样……别这样……"宋田田不断地安慰柳其金。她也泪流满面了。虽然她跟柳其金没有任何感情，甚至在此之前彼此从未见过面，但不知怎么的，此时此刻，她却不由自主地为这个"陌生人"流下了这么多的眼泪。

至于东方鹤马，却不发一言，一脸不屑。

良久，柳其金才慢慢地把东方鹤马和宋田田放开。东方鹤马"哼"了一声，后退了两步，拍了拍身上的衣服。宋田田则定了定神，擦了擦脸上的眼泪。

就在这时候，柳其金突然从口袋里掏出一颗胶囊，以飞快的速度把胶囊扔到嘴里，使劲地咽了下去。

3

宋田田微微一呆，问道："你、你干嘛呀？"

柳其金摆了摆手，没有说话，紧接着，他的呼吸越来越急促，他的脸色由白转青，又从青变灰，身体还微微地颤动起来。

"你怎样呀？你刚才吃了什么呀？"宋田田一脸焦急。

思炫冷冷地说："根据他的反应可知，他刚才吞下的那颗胶囊里有毒鼠强的粉末。"

"毒鼠强？"宋田田失声大叫。

东方鹤马也脸色微变。

贾茜和秦珂则一脸惊愕。

宋田田紧接着对柳其金问道："你为什么要这么做呀？为什么啊？"

柳其金满额冷汗，呼呼地喘着气，吃力地说道："三年前，阿念离我而去……当时我就想随她……随她而去……咳咳……不过，在我六十岁的生……生日时……和五个孩子相聚……是我和阿念的共同愿望。我……我为了完成阿念的遗愿……苦苦坚持到现在……咳咳……"

他说到这里，脸上已经没有一丝血色，突然间，还口吐白沫，面容扭曲。

"你先别说了……"宋田田紧紧地握着柳其金的手说道。

柳其金摇了摇头，虽已气咽声丝，却仍然坚持说下去："让我……说完……咳咳……我本来就打算跟孩子们见面后……就自杀。我连遗嘱都写好了……咳咳咳……现在我的三个孩子在我面前……一一死去，我更没有活下去的……的理由了。这……这真是一个最坏的结局呀……如果当年不是贾浩叫秦珂和毛佳妮来找我……如果我没有生下你们……如果……如果我没接受那个电台采访……如果我没有把你们请回来……那么……现在这一切就不会发生……我……是我……"

他还没说完，忽然身体强烈地抽搐起来。他说不下去了。

宋田田转头向思炫求助："慕容大哥，求求你救救他。"

思炫摇了摇头："必须彻底清除他胃里的毒物才能救他，但现在无法帮他洗胃，也无法导泻。"

"那怎么办呀？"宋田田声音呜咽。

柳其金定了定神，低声说道："芷田……我的乖女儿……好好活下去……我……我……我最后只想听到你们叫……叫我……一声……爸爸……"

宋田田哭着叫道："爸爸！爸爸！"

柳其金欣慰地笑了笑，脑袋微转，望向东方鹤马。

宋田田会意，对东方鹤马大叫道："快叫爸呀！"

东方鹤马皱眉道："他不是我爸！我爸是东方奇！"

宋田田又急又怒："快叫呀！"

东方鹤马"哼"了一声，把头转到另一边去。

柳其金叹了口气，凄然一笑，慢慢地闭上眼睛，忽然脑袋下垂，再也不动了。

"爸爸！"宋田田声嘶力竭地喊道。

可是柳其金没有回答她。他在痛苦、绝望、遗憾而又略带欣慰之中，永远离开了这个对于他来说无限残忍、无比悲哀的世界。

第十二章　最后的杀意 ——————————

1

现在这个位于断肠城地窖的储物室里只剩下慕容思炫、宋田田、东方鹤马、秦珂和贾茜五个人了。

亲眼看见自己所憎恨了二十多年的柳其金离世，秦珂的心里却似乎并没有兴奋的感觉。他忽然想通了：哪怕把柳其金的妻子和儿女全部杀光，但自己的妻子毛佳妮也无法复活。冤冤相报何时了？

他心中的仇恨，他那执着于报仇的信念，不仅使他成为杀人凶手，甚至让贾茜——他的亲生女儿——也成为杀人凶手，现在等待他们父女俩的，是法律的制裁。他悔恨交织。沈莫邪要惩罚他这个为了复仇而滥杀无辜的"恶人"，他做到了。

至于贾茜，此时此刻，心情复杂无比。她本来和臧大牛、戴青水以及甘土无冤无仇，只是为了帮助秦珂这个曾经舍命救过自己的义父复仇，为了阻止义父因为无法复仇而自杀这件事发生，也为了弥补自己的父亲贾浩对秦珂所做的错事，才成为残忍冷血的"斩首鬼"，先后杀死他们三人。在杀死臧大牛的时候，她的心中出现了前所未有的恐惧，在割下臧大牛的头颅之时，她双手颤抖，脑中一片空白。而在臧大牛的头颅被割下的那一刹那，她觉得自己变成了一只没有灵魂的恶魔。接下来，她的大脑麻木了，她的心脏冰冷了，在杀死甘土和戴青水的时候，她手起刀落，再也没有丝毫犹豫。

现在一切尘埃落定，她回想昨天晚上及今天凌晨的杀人经历，恍如隔世，只觉得当时杀人的并不是自己，觉得自己只是做了一场噩梦。她懊悔无及。如果让她再次选择，她一定不会答应秦珂帮他执行沈莫邪的那个杀人计划。

可是如果不帮助秦珂复仇，他是会自杀的。那怎么办？贾茜也不知道。反正现在再想这些，已经没有意义。

"喂！"东方鹤马的呼喝声把贾茜从思索中拉回现实，"快把断肠城的大门钥匙交出来！"

贾茜朝东方鹤马看了一眼，没有回答，只是微微地叹了口气。

"喂！你没听到我在跟你说话吗？"东方鹤马怒道，"臭婆娘，快把钥匙交出来！我要离开这儿！"

贾茜还是不为所动。

东方鹤马"哼"了一声，走到秦珂面前，提起右足，朝他的胸部狠狠地踹了一脚。秦珂无法躲避，轻呼一声，应声而倒。

"别碰我干爹！"

贾茜见东方鹤马伤害秦珂，又急又怒，跑过来阻止。东方鹤马一把揪住贾茜的头发，左手握拳，朝她的腹部狠狠地打去。贾茜闷哼一声，跪倒在地。东方鹤马顺势一脚踹在贾茜的脑袋上，红着眼睛骂道："变态杀人魔！想杀死本少爷？去死吧！"

慕容思炫连忙走过来，一把拉住了东方鹤马的手臂。东方鹤马还想继续攻击贾茜，却被思炫往后一拉，整个人跌倒在地。

"妈的！"东方鹤马定了定神，猛地站起来，怒视思炫。思炫冷冷地看着他，没有说话。东方鹤马知道思炫身手了得，也不敢主动跟他动手。

宋田田走到贾茜跟前，把她扶起："陈姐……唔，贾姐姐，你没事吧？"

贾茜低低地"嗯"了一声，吃力地站起来，左手捂住腹部，右手按着脑袋，忍着疼痛走到秦珂身边，想要把他连同轮椅拉起来，但身体受伤，使不上劲。宋田田见状连忙过来帮忙，两人合力把秦珂扶起。

"喂！"东方鹤马再次向贾茜骂道，"臭婆娘，快把钥匙拿出来呀！"

贾茜再次朝东方鹤马看了一眼，稍微犹豫了一下，接着从口袋里掏出了一把铜制钥匙，扔在东方鹤马面前。

那把钥匙跟客房的钥匙样式一致。东方鹤马把钥匙捡起来，只见钥匙上刻着"城门"两字。东方鹤马大喜，不再理会秦珂和贾茜，也没有跟思炫和宋田田打招呼，拿着钥匙便离开了储物室，走出了地窖，朝断肠城大门的方向走去。

宋田田对思炫说道："慕容大哥，我们也走吧？"

思炫点了点头："走。"

"嗯。"宋田田转头对贾茜说道，"贾姐姐，咱们一起出去吧。"

贾茜朝秦珂看了一眼，只见秦珂闭着眼睛，一脸平静，霎时间心领神会，随即心中打定了主意，惨然一笑，摇了摇头："我和干爹想在这儿多留一会，你们先走吧。"

"这……"宋田田朝思炫看了一眼。

"我们是不会逃的——也逃不掉了，你们让警察到这儿来抓我们吧。"

贾茜说完这句话，便不再理会宋田田了，在秦珂跟前半蹲下来，紧紧地握着他的手。

"慕容大哥，那我们……"宋田田再次询问思炫现在怎么做。

"走吧。"思炫说罢，径自走向储物室的大门。

"贾姐姐，那我们先走了。"宋田田说罢，跟上了思炫。

就当两人即将离开储物室之际，却听贾茜叫道："等一下。"

宋田田和思炫同时停住脚步，回过头来。与此同时宋田田问道："贾姐姐，怎么啦？"

贾茜站起来，走到储物室的角落，拿起一个塑料袋，接着来到储物室的门前，把塑料袋交给宋田田。宋田田接过，打开一看，只见里面有五六台手机，其中有一台正是自己的，还有一台iPhone像是东方鹤马的——她因为曾用东方鹤马的手机帮他拍照所以认得他的手机。宋田田心中恍然："这是大家的手机。为了阻止我们跟外界联系，大家在饭厅昏迷后，贾茜把这些手机收起来了，藏在这个储物室里。"

她还在思考，只见思炫已从塑料袋中拿出其中一台手机，放回自己的口袋。那自然就是思炫自己的手机了。

"慕容小哥儿，"贾茜又从口袋里掏出一张名片，交给思炫，"这是沈莫邪给你的。"

思炫斜眉一皱："沈莫邪？"

贾茜点了点头："这是他当年交给干爹的。当时他说，如果干爹最后决定执行他的杀人计划，而这个杀人计划最后又不幸被人破解的话，那么就把这张名片交给破解计划的那个人。"

思炫接过名片，瞧也没瞧一眼，直接放到口袋里，接着转头对宋田田说道："走吧。"

没等宋田田答话，他已转过身子，走出了储物室。

宋田田最后再向贾茜点了点头，便紧随思炫而去。

两人离开地窖，走出书房，刚来到偏厅，却听身后传来一声重重的关门声。

"咦？"宋田田回头看了一眼，问道，"什么声音？"

思炫没有回头，淡淡地说："那是书房里那扇暗门被关闭的声音。贾茜把她和秦珂，以及柳其金的尸体，关在地窖里了。"

"她不打算和秦珂离开吗？"宋田田又问。

"他们挑错了方向，哪怕离开断肠城，也无路可走了。"思炫的声音毫无抑扬顿挫。而他的这句话，宋田田也似懂非懂。

2

思炫和宋田田离开偏厅，按来路走向断肠城的大门，当他们来到城门附近的那个布局跟教堂有些相似的大厅时，忽然听到一个男子的尖叫声从大门的方向传来。

"哇！"宋田田吓了一跳，使劲地抓住了思炫的手臂，"什、什么声音呀？"

思炫冷冷地说：“是东方鹤马。”

“他怎么了？”宋田田问。

“恐怕凶多吉少了。”思炫说。

“啊？快去看看！”

两人离开大厅，经过玄关的走廊，来到城门前，只见一个蓝发男子坐在地上，却不是东方鹤马是谁？

此时东方鹤马面容痛苦，肩膀不停地抽搐。宋田田又惊又奇，问道：“东方大哥，你怎么啦？”话音刚落，只见东方鹤马连四肢也开始抽搐起来。

“到底怎么回事呀？”

宋田田一边说一边向东方鹤马走过去，想要把他扶起来。思炫一把拉住了她，冷然道：“不要过去。别碰他。”

与此同时，只听东方鹤马痛苦地道：“门锁上有刺……哟！好痛！”

“有刺？”宋田田讶然。

思炫微微地吸了口气：“是毒刺。看样子，刺上应该涂了马钱子碱。”

“马钱子碱？”宋田田问，“那是啥？”

“一种剧毒。”思炫一脸木然地说，“他中毒已深，救不了了。”

说时迟那时快，思炫话语甫毕，东方鹤马已倒在地上，肌肉萎缩，整个身体蜷缩成弓形，不停地抽搐。

宋田田看着他这面目狰狞的样子，咽了口唾沫：“他好像很痛苦。”

思炫摇了摇头：“他已经死了。”

“啊？”宋田田惊道，“死了？那怎么还会动？”

思炫解释道：“这正是马钱子碱的中毒症状，中毒者会在抽搐中窒息，而在窒息后，尸体仍然会抽搐一段时间。”

宋田田倒抽了一口凉气：“太恐怖了！”

大概过了十分钟，东方鹤马的尸体才渐渐不再抽搐，变成一堆死物。宋田田走前两步，探头一看，只见他的五官扭曲在一起，可见其死时确实承受了无法形容的痛苦。

"我们第一次到城门来的时候，门锁上并没有刺。"思炫分析道，"毒刺是贾茜在去杀甘土或戴青水的前后，才到这里安装上的。之所以安装毒刺，是因为她想过万一自己的计划失败，就不能杀死断肠城里的所有人——毕竟死的人越多，剩下的人警惕就越高，计划就越难执行下去。而安上毒刺后，在大家离开断肠城的时候，就能最后再杀一个。"

宋田田脸色微变："这么说，如果刚才是我们先离开，那么死的人就是我们？"

思炫打了个哈欠："在我破解了沈莫邪的杀局后，贾茜已经放弃了杀人。东方鹤马第一次叫她拿钥匙的时候，她没有交出钥匙，只是叹气，那正是因为她不想再杀人了。可是东方鹤马竟然殴打秦珂和贾茜——最让贾茜不能容忍的是东方鹤马殴打自己的义父秦珂，这让贾茜重新燃起了杀意——最后的杀意。所以，她把钥匙扔给东方鹤马，让他自己掉进最后的死亡陷阱里。"

宋田田长长地叹了口气，不再说话了。

柳其金所邀请回来的五个幸运儿——应该说是柳其金的五个子女，现在活下来的就只剩下宋田田一个了。

如果没有慕容思炫陪同，宋田田现在大概也九死一生了。

沈莫邪想要惩罚的人，臧大牛、戴青水、甘土、东方鹤马，还有秦珂，全部都受到应有的惩罚了。而沈莫邪想要保护的宋田田，确实也在沈莫邪所指定的"保镖"慕容思炫的保护下，安全离开断肠城。一切都在这个已经死了两年多的犯罪天才的计划之中。

就当宋田田思绪杂乱之际，思炫已从自己的衣服上扯下了一块布，裹着手，小心翼翼地捡起东方鹤马扔在地上的钥匙，打开了门锁，开启了断肠城的大门。

霎时间，一道强烈的日光从城外直射进来，扫除了断肠城内的死亡气息。

思炫和宋田田走出断肠城。宋田田仰望天空，深深地吁了口气。思炫也微微地伸展了一下四肢。其实两人在断肠城里停留的时间只有大半天，但这十多个小时里发生的事情实在太多了，一个又一个活人变成尸体，跟断肠城的恐怖斩首传说融合在一起，让整座断肠城变成一个可怕的梦魇。此刻两人离城，便如在梦魇中清醒过来一般，心中均有恍如隔世的感觉。

3

思炫用手机打电话报警后，两人就在城门前等候。宋田田偶尔透过大门望向东方鹤马的尸体，轻轻叹气，若有所思。

由于断肠城地处偏僻，在思炫报了警的两个多小时后，S市的警察才到达。思炫带着警察们重返断肠城，把警察们带到偏厅——在此过程中他把昨晚和今天在断肠城里发生的连续杀人事件的始末告知警察了，进入书房，却见墙壁上的那扇暗门的门缝竟然冒出浓烟。警察们砸开暗门，只见整座地窖都燃烧着熊熊的烈火。

警察只好又打电话通知消防部门。最后消防员到场，扑灭了大火。警方进入地窖，在储物室里找到了三具已经被烧焦的尸体，那自然就是柳其金、秦珂和贾茜了。

断肠城杀人事件中的所有相关人物，除了慕容思炫和宋田田，无一生还。

根据警方的推断，纵火的人是贾茜，动机是畏罪自杀。正如思炫所说，秦珂和贾茜哪怕离开断肠城，也无路可走了。在大火中灭亡，或许就是他俩最好的归宿了。

4

在消防员到达断肠城之前，思炫和宋田田已被警方带离断肠城，被带到S市的公安局。

当思炫和宋田田接受完询问从公安局出来的时候，已经是当天晚上七点多了。两人乘车来到S市国际机场，分别买了到L市以及HZ市的机票。杀人事件结束了，一切尘埃落定了，他俩也要各自回家了。

候机之时，宋田田问道："对了，慕容大哥，沈莫邪交给你的那张名片写着什么？"

思炫从口袋里把贾茜最后交给他的那张名片拿出来。宋田田连忙把脑袋凑过来。那是一张黑色的名片。名片的中间有一条白色的竖线，把名片分成左右两侧。白线的左边印着一个邮箱地址，右边则印着一排奇怪的英文字母和数字，具体如下：

shenmoxie_mirror@163.com ｜ boop 9rA uoY x

宋田田搔了搔脑袋："这是啥呀？"

思炫咬了咬手指："左边是邮箱地址，右边是这个邮箱的密码。"

"密码？"宋田田秀眉一蹙，照着那串奇怪的字母和数字读道："BOOP9RAUOYX？这就是密码？"

"不是，"思炫说，"这是加了密的密码。要先解密，才能得到邮箱的真正密码。"

"怎样解密？"宋田田好奇地问。

"邮箱的地址本身就是破解邮箱密码的提示。"

思炫一边说一边拿出手机，首先进入网易邮箱的登录页面，输入邮箱地址，再输入他所破解的密码，果然进入了邮箱。（作者按：各位读者也可以试试破解这组密码，看看邮箱的真正登录密码是什么。）

邮箱里的收件箱中有一封尚未打开的新邮件。思炫把这封邮件打开，只见收到的日期是2009年11月——沈莫邪自杀前一个月。邮件全文如下：

X：

如果你能看到这封邮件，那就说明你又一次破解了我的杀局了。

正如这个邮箱的密码所说的那样，你真的很强大。这是我对你衷心的赞誉。

如此一个智慧跟我不相上下的对手，我却无缘相见，这确实是我此生所最遗憾的事。

话说回来，根据我的计算，此时此刻，柳其金、臧大牛、戴青水、甘土、东方鹤马、秦珂和贾茜，都已经不在这个世界上了，而宋田田则在你的身边，和你一起阅读这封邮件。我的计算正确吗？哈哈！恐怕也八九不离十吧！如果除你和宋田田外以上有哪个人此刻还活着，那也是他（她）命不该绝。谋事在人，成事在天。

首先是柳其金，他协助贾浩用死婴调换贾茜，令秦珂骨肉分离，虽然说这样做是为了向贾浩报恩，但对于作为父亲的秦珂来说，这个行为是无法原谅的。

接下来是臧大牛、戴青水、甘土和东方鹤马，相信你也已经知道他们的罪行了吧？我就不再重复了。

最后是秦珂和贾茜。秦珂害死了无辜的柳思贝和容念，而贾茜则杀死了臧大牛等人。他俩的双手也沾满了鲜血。

所以，这些人，都应该接受惩罚。现在，他们也确实受到了应有的惩罚了吧？

只有宋田田，可谓光明磊落，问心无愧。她不该死，至少不该死在断肠城里。

她是幸运的。因为你是存在的。如果从来没有X的存在，那么独自走进断肠城的宋田田，也将凶多吉少。

不管怎样，这次的断肠城的杀局——这也是我跟这个世界告别前所策划的最后一个杀局，到此也就告一段落了。

那么，敬请期待我下一次的杀局吧。

下次被惩罚的，会是哪些"恶人"呢？请紧记哦，今天的"好人"，很有可能便是明天的"恶人"。

——沈莫邪

宋田田和思炫一起看完了这封来自死人的邮件。她长长地叹了口气，喃喃自语："结束了，总算结束了。"

思炫却向宋田田瞥了一眼，目光突然变得锐利起来。他舔了舔嘴唇，冷冷地说："沈莫邪在邮件中说你光明磊落、问心无愧，真的是这样吗？"

<h1 align="center">5</h1>

霎时间，宋田田脸色微变。

"你、你说什么呀？慕容大哥。"她声音颤抖地问。

思炫紧紧地盯着她的双眼，一字一顿地问："你早就知道贾茜是凶手了，对吧？"

"啊？"宋田田失声道，"什、什么啊？"

思炫从口袋里掏出几颗瑞士糖，一边剥掉包装纸，一边不紧不慢地分析起来。

"今天上午，在我解谜的时候，在场的除我以外还有三个人：东方鹤马、贾茜和你。我说'斩首鬼'就在这三个人当中。你当然知道自己不是'斩首鬼'，所以你当时的想法应该是：东方鹤马和贾茜其中一个是'斩首鬼'。

"在我分析'斩首鬼'用臧大牛的尸身伪装甘土的尸身，并且做出''斩首鬼'为了隐藏臧大牛的尸身的高度而把它插进酒坛子'的推理时，你曾经说："东方大哥跟臧大牛的身高就差不多呀！为什么"斩首鬼"第二个不杀东方大哥，再用臧大牛的尸身替换成东方大哥的尸身？这样哪怕不插进酒坛子里，我们也看不出破绽呀！'

"在你看来，明明东方鹤马和贾茜都有可能是'斩首鬼'，可是为什么你又会认为东方鹤马也是'斩首鬼'要杀的目标人物之一？那是因为在我解谜之前，你早就知道贾茜就是'斩首鬼'了。在我解谜的时候，你心里明白，东方鹤马绝非'斩首鬼'，只是一个准受害人物，所以说出这样的话。

"那么，你是在什么时候知道贾茜是'斩首鬼'这件事的呢？我推测是昨天傍晚大家在偏厅集中的时候。当时我走进了走廊查看，在这个过程中，贾茜大概说了某些不该说的话，让你发现她就是那个不请自来的客人。"

思炫的推理让宋田田的心脏怦怦直跳，她甚至感到难以呼吸。因为，他的推理跟事实完全一致。

昨天傍晚，慕容思炫、宋田田、臧大牛和东方鹤马四人走进偏厅，跟早就在偏厅等候的贾茜和甘土会合，其后思炫独自走进偏厅左侧的走廊一探究竟。当时戴青水还没到达。而贾茜就说："臧先生、甘小哥儿、东方小哥、宋小妹，加上我，总共五个人，看来所有幸运儿都到齐啦！"

当时宋田田觉得很奇怪，心想："刚才我和慕容大哥、臧先生以及东方大哥一起走进来，我只是跟陈姐姐和甘大哥介绍了慕容大哥的姓名，并没有说他是陪我来的，可是为什么陈姐姐知道他不是幸运儿之一？难道她早就知道幸运儿是哪些人？"

也确实是天意，当时思炫在走廊里，没有听到贾茜的这句话。否则他必定早就发现贾茜有可疑，如此一来，便能阻止杀人事件的发生，臧大牛、戴青水和甘土，甚至是柳其金、东方鹤马、秦珂以及贾茜，或许都能逃过一死，一切将彻底改写。

再说当时，后来戴青水进来，幸运儿多出了一个，宋田田心里不禁想道："难道这个不请自来的幸运儿，就是陈姐姐？"而在臧大牛被杀后，宋田田则想："看来'斩首鬼'很有可能就是不请自来的陈姐姐啊！"

宋田田还在回想之中，只见思炫已把手掌中的瑞士糖的包装纸都剥开了，把几颗瑞士糖一股脑儿扔到嘴里，一边咀嚼，一边接着推理。

"在我们发现臧大牛的尸体时，大家都惊慌失措，连真凶贾茜也忙着演戏，对大家说：'不管是人还是鬼，我想这杀人凶手应该还在附近。此刻他（她）会不会就在附近监视着我们？'而你却目光游离，似乎在思考什么问题。你在思考什么？你在思考''斩首鬼"会不会就是不请自来的贾茜'。

"在挑选房间的时候，你对贾茜说：'现在就只剩下七号房和八号房了，陈姐姐，我们就同住一个房间吧，把另一个房间让给慕容大哥。'你明知道贾茜是'斩首鬼'，为什么还敢跟她住在同一个房间？因为你知道贾茜不可能答应跟你同房，她接下来还要实施杀人计划。最后如你所愿，贾茜自己住进了八号房。

"至于在贾茜用鱼丝把三号房的房门关闭后，你为什么会说'我和陈姐姐到三层堵截"斩首鬼"'？可能性之一：你一时之间忘记了贾茜就是'斩首鬼，忘记了和她一起行动十分危险；可能性之二：你只是随口说说，你根本没打算要和贾茜两个人到三层去。

"说起来，我们第一次到书房的时候，你问我是否知道凶手是谁，我说：'暂时还不知道。但凶手就在六名幸运儿之中的可能性很大。'当时你似乎想对我说些什么，但却吞吞吐吐，欲言又止。你要告诉我什么？你就是想告诉我，你怀疑'斩首鬼'就是贾茜。但是后来，你终究没有把这件事告诉我，而是转移了话题。

"为什么你要一直向我隐瞒你已经揭穿了贾茜的凶手身份这件事呢？因为你想借贾茜之手，杀死一个人——东方鹤马！"

宋田田脸色大变。

思炫接着说道："如果你早早揭穿了贾茜的身份，众人就会阻止她执行杀人计划，那么东方鹤马就能逃过一死。你想东方鹤马死，所以暂时不揭穿贾茜的身份。当然你也担心自己的安危，但你也知道，只要和我待在一起，那么被杀的可能性会很低，所以决定冒险一搏，让贾茜继续执行她的杀人计划。"

宋田田听到这里，低下了头。

思炫微微地扭动了一下脖子，接着分析："至于你为什么想要杀死东方鹤马呢？贾茜曾说过，东方鹤马曾经对向他提出分手的前女友泼浓硫酸，令那个女生毁容，后来因为他的养父是某局的副局长，他不用承担责任。根据我的推测，那个被毁容的女生，是你的亲人，很有可能是你的姐姐！"

思炫的推理完全正确。宋田田的姐姐，确实就是东方鹤马的前女友。

宋田田咽了口唾沫，一股寒意从背脊直泻下来："他竟然连这些事也知道？他……实在太可怕了！就如鬼魅一般，似乎一直在监视着我的生活，无论是过去，现在，还是以后……"

思炫的推理打断了她的思索："当我们在断肠城的玄关首次和东方鹤马见面的时候，平时热情健谈的你，并没有说话，而是盯着他，似乎在想什么？你在想什么？你觉得眼前这个蓝发男生，很像是害你姐姐的那个人。

"本来你也不确定，但当东方鹤马自报姓名的时候，你大吃一惊，同时确定了眼前之人确实就是让自己的姐姐毁容的那个官二代。你反应很快，马上用'因为东方是复姓感到很特别所以惊讶'这个借口来掩饰自己的吃惊。

"正因为害姐姐毁容的东方鹤马跟你同处断肠城中，所以当杀人事件发生后，你就想借助凶手的力量，除掉东方鹤马，为姐姐复仇！今天上午在地窖里，你打东方鹤马的那两个巴掌，其实就是为了帮姐姐泄愤。"

慕容思炫说到这里稍微停了下来。宋田田两眼湿润，一言不发。思炫吸了口气，接着说道："如果你早一些把你的发现告诉我，戴青水和甘土就不会被杀，你的父亲柳其金，还有秦珂和贾茜，也不会死。现在东方鹤马，确实如你所愿，死了——而且死得十分痛苦。可是你的心中，是否真的有复仇的快感？应该没有吧？否则在我们等候警察到达的时候，你为什么会对着东方鹤马的尸体叹气？"

他咬了咬手指，最后用犹如寒潭一般冰冷的语气说道："沈莫邪是这个杀局的策划者，贾茜是这个杀局的执行者，而你也是这个杀局的协助者！你和他们一样，双手沾满了鲜血。"

思炫最后的这句话，让宋田田在眼眶里打滚的眼泪夺眶而出。

就在这时，候机厅的广播响起："乘坐CA1865航班前往L市的旅客请注意，现在开始在八号登机口登机。"

一直蹲在椅子上的思炫忽然一跃而起，径自朝八号登机口走去，不再回头多看泪流满面的宋田田一眼。

终章 ————

1

后来警方在断肠城中柳其金的卧房里找到一份柳其金的自书遗嘱。

遗嘱的内容主要有三点：一、把他在科龙企业股份有限公司所持的股份分别赠予公司里十多位和他一起打拼了十多年的老员工；二、把他的个人房产（断肠城及S市里的五间商品房和两座别墅）变卖后捐给慈善结构；三、把他的存款、股票、基金等个人资产（合约三亿美元）的百分之八十也捐给慈善结构，剩下的百分之二十则遗赠给臧大牛、戴青水、甘土、东方鹤马和宋田田五人，每个人的份额均等。

由于臧大牛、戴青水、甘土、东方鹤马四人已经死亡，所以根据遗嘱，柳其金的这百分之二十的现金——三亿多人民币，全部由宋田田一个人继承。

继承了这笔巨款以后，宋田田一家四口的生活发生了翻天覆地的变化。

他们在HZ市的市中心买了一座占地三百多平方米的豪华别墅，告别了租房的生活。

宋田田的父亲辞去了货车司机的工作，每天在家无所事事，后来实在是闷得慌，只好经常到楼下的公园跟一些退休的老人下棋闲聊。虽然不必再为生活忙得焦头烂额，但不知怎的，现在宋父脸上的笑容反而比以前少了一些。以前他每天拼搏工作，就是为了养活妻子和女儿，目标明确，苦中带甜，而现在，他却觉得自己好像失去了存在的价值。

在宋家请回来两名佣人后，宋田田的母亲不需要再买菜做饭打扫洗衣服了，于是每天都去打打麻将、逛逛街、美美容，不过她打麻将的技术实在令人不敢恭维，不到三个月已输了十万块。但那又怎么样呢？她现在有花不完的钱。十万块？不值一提。

至于宋田田的姐姐，到国外先后进行了眉再造、眼睑修复、鼻再造、面部疤痕修复、面部轮廓整形等二十多次手术，还接受了心理治疗，终于让容貌完全恢复，甚至比以前更漂亮了。可是她在别人面前终究很少说话，跟出事前那个热情健谈的她判若两人。而且她没去工作，也不去认识新朋友，几乎每天都宅在家里上网看连续剧。

而宋田田呢，她考上了K市的一所本科大学。在大学里，她认识了新的同学，还交了男朋友，展开了新的生活，逐渐从断肠城事件的阴影中走出来了。

2

大一那年寒假，宋田田回到HZ市过年。春节前，一个高中同学邀请她到HZ市郊外的一座休闲农庄游玩。宋田田欣然答应。

同去农庄游玩的有七八个人，除了邀请宋田田的那个同学外，还有两个也是宋田田的高中同学，而剩下的那几个人则是宋田田所不认识的。

到达农庄当晚，众人住进了农庄里的一座五层别墅里。大家在别墅里玩骰子喝红酒，尽情狂欢。可是喝着喝着，宋田田逐渐觉得睡意袭人，迷迷糊糊地睡着了。

不知道睡了多久，她被伙伴们叫醒。原来刚才大家都不知不觉地睡着了。有人推测大家所喝的红酒里被投放了安眠药。至于投放安眠药的人是谁，众人却毫无头绪。

宋田田心中一凛。这样的情景，似曾相识。

接下来，大家发现邀请宋田田到农庄的那个同学没跟众人在一起。于是大家来到那个同学的房间前，竟然看到房门上贴着一个黑色的信封，信封中央写着"宋田田亲启"五个大字。

满腹疑惑的宋田田把信封取下。与此同时，其中一个伙伴推开了房门。霎时间，众人失声惊呼。

房间中央竟然倒吊着一具尸体！尸体的头颅被砍下来了，就放在尸体前方的地面上。那头颅，正是邀请宋田田到农庄的那个同学的！

众人乱作一团。好几个人不约而同地朝别墅的大门狂奔而去。

宋田田定了定神，打开刚才从门上取下的信封，抽出里面的信纸，只见信纸上写道：

宋田田：

别来无恙？

上次给你发邮件的时候你还不认识我。而现在，你应该对我的生平事迹相当熟悉了吧？

首先恭喜你继承了柳其金的遗产。希望这笔天降的横财并没有严重地改变你们一家四口的生活吧。

接下来，欢迎你进入我所布下的新杀局。我衷心希望你能再一次活着离开。

只是，这一次，我没把X叫来。没有人能帮助你了。

祝你好运。

——沈莫邪

读罢全信，宋田田全身颤抖，额头上的汗水涔涔而下。她还没回过神来，只听一个站在别墅大门前的伙伴一脸恐惧地叫道："别墅的大门上锁了！开不了！我们出不去了！"

另一个人大叫："快打电话报警吧！让警察来处理就好……咦？我的手机呢？"

宋田田一听，本能反应般地摸了摸自己的口袋，果然发现自己的手机也不翼而飞了。

空间封闭，孤立无援，死亡笼罩……这样的情景，对宋田田来说，何等熟悉。

"哪怕这次也能侥幸逃生，下次我还会遭遇这样的情景？"

宋田田心中掠过绝望的感觉。

她知道，自己已经陷入了沈莫邪所布下的不断轮回的杀局之中，周而复始，去而复来，永远无法停歇了。

图书在版编目（CIP）数据

斩首城之哀鸣 / 轩弦 著. -- 北京：作家出版社，
2015.11

ISBN 978-7-5063-8578-7

Ⅰ.①斩… Ⅱ.①轩… Ⅲ.①长篇小说—中国—当代
Ⅳ.①I247.5

中国版本图书馆CIP数据核字（2015）第281546号

斩首城之哀鸣

作　　者：轩　弦
责任编辑：张　平
出版发行：作家出版社
社　　址：北京农展馆南里10号　　邮　　编：100125
电话传真：86-10-65930756（出版发行部）
　　　　　86-10-65004079（总编室）
　　　　　86-10-65015116（邮购部）
E-mail:zuojia@zuojia.net.cn
http://www.haozuojia.com（作家在线）
印　　刷：北京市通州运河印刷厂
成品尺寸：160×235
字　　数：190千
印　　张：14
版　　次：2016年1月第1版
印　　次：2016年1月第1次印刷
ISBN　978-7-5063-8578-7
定　　价：29.80元
